# Gaea

# Gaea

# 獵命師傳奇

FateHunter

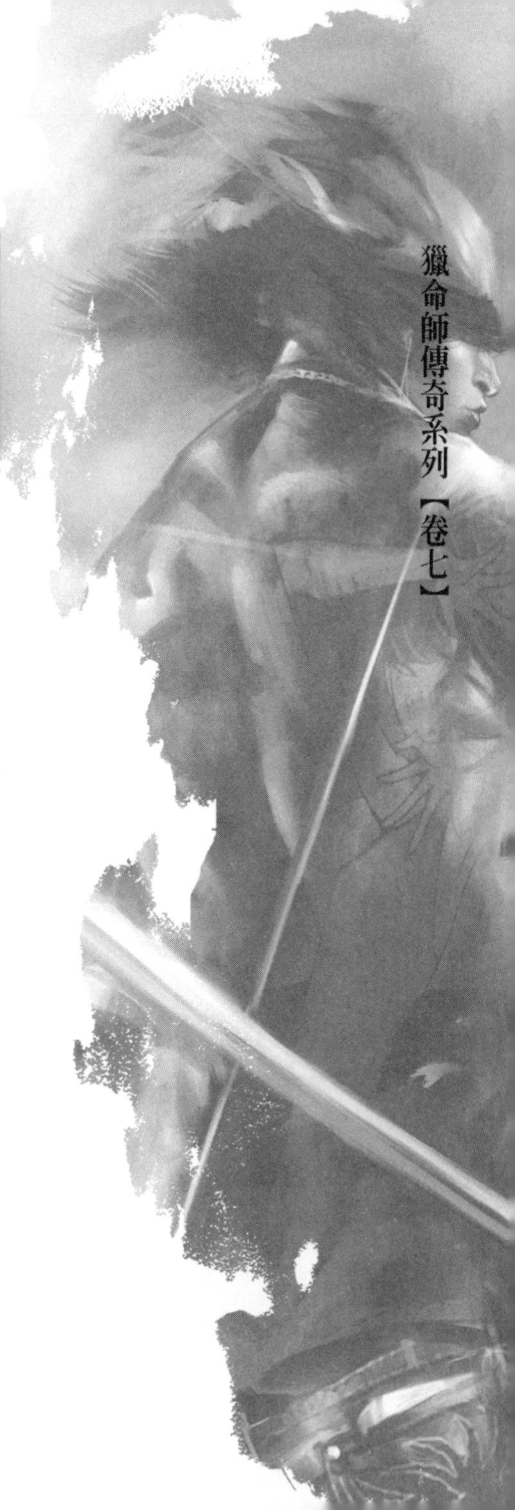

獵命師傳奇系列【卷七】

九把刀Giddens著

「不可詩意的刀老大」之
# 竹圈圈下的魔法

一位實際上並不存在的英國文學家阿茲客卡，曾說過：「每個人一生中，都會遇見七次奇蹟。」

當我小的時候，我們家三兄弟最常跟媽媽去逛彰化大大小小的夜市。除了跟媽央求買點小零食吃外，我們最喜歡玩一些小遊戲，例如射飛鏢水球、撈金魚、釣烏龜、小鋼珠台、旋轉木馬等等。其中我最喜歡的，就是套圈圈了。

套圈圈，就是花幾十塊錢買一個裝滿竹圈圈的塑膠桶，將竹圈圈朝一堆實際上並不值錢的獎品丟過去，如果套中了就可以把獎品帶回家。很多大人喜歡一次丟擲一大把竹圈圈過去，天女散花似的隨機進攻獎品，但小小年紀的我總是很珍惜握在手上的每一個小圈圈，彷彿一圈在手，希望無窮似的。

記得那是一個我月考結束後的夜晚，適逢中秋節，我們拿著自己做的燈籠在彰化市的街道裡遊蕩，跟著人潮往最擁擠的地方擠去。

夜市裡人聲鼎沸，每個人都急著發出自己的聲音，猜燈謎的字謎寫在紅紙上，垂掛了兩大面牆，主持人拿著擴音器賣力地在台上吆喝著，觀眾也很捧場地把手舉高。

孔廟附近的夜市最是熱鬧，烤香腸的微焦氣味燻得媽跟我們三兄弟食指大動，我們一人一串邊逛邊吃。對猜謎一向有腦殘嫌疑的我，只是拉著媽媽往套圈圈的小攤販上走。

「媽，我想套圈圈！拜託！」我央求。

「只有一桶喔。套了圈圈，等一下就不行撈金魚囉？」媽先說好，我猛點頭。

於是，我興奮地討了一大桶竹圈圈，開始往成堆的獎品丟。丟丟丟丟丟丟丟，結果丟個屁。直到最後三個，我連青箭口香糖或王子麵都沒有丟到。

「可惡，哪有這樣的啦！」我好氣，看著即將見底的塑膠桶。

「二哥好笨。」弟也不齒。

「我就算閉著眼睛，至少都會丟到一個。」哥不屑。

是啊，不如我就閉上眼睛吧。

我一把抓好僅剩的三個竹圈圈，閉上眼睛，一鼓作氣亂擲出去。

我才剛剛睜開眼睛，就聽見周遭的人哈哈大笑起來，看著我，也看著……

「怎麼回事？」我不解。

順著大家的目光，我赫然發現一個年輕婦人抱著一個約莫一歲大的小女娃。小女娃的頭上不偏不倚，不折不扣，套著我剛剛丟出去的竹圈圈。

小女娃被群起的笑聲嚇著，哇哇大哭了起來，年輕婦人趕忙拍撫安慰她。

雖然小女娃很愛哭，不過既然被我套中了，那也是沒有辦法的事。

「走吧，我的獎品。」我伸手，就要從年輕婦人的手中抱走小女娃。

這個舉動讓在場圍觀的所有人愣住，年輕婦人一時不察，竟讓我就這麼輕易地將她懷中的小女娃給抱走。小女娃哭得更大聲了，我只好將她抱得更緊。

「田田，你在做什麼！快還給人家！」媽滿臉窘迫，要我立刻放手。

「我的女兒！那是我的女兒！」年輕婦人慌張蹲下，伸出雙手便奪。

什麼跟什麼啊！這可是我千辛萬苦套中的大獎啊！

我一急，抱著小女娃拔腿就跑，逃亡在燈會熙熙攘攘的人群中。

媽、哥哥、弟弟跟年輕婦人在我後面狂追，沿途大聲喝斥我「別鬧了」、「別發神經了」、「她不是獎品」等等一些不三不四的話。

小女娃號啕大哭，還張嘴用力咬住我的手，痛得我差點沒有反咬回去。

五分鐘後，在路人的幫忙夾擊下，大家終於從四個方向將我包圍住。我靠在賣香腸的小販前，進退無路，只好眼睜睜看著這群大人用暴力的手段搶走了我的獎品。

除了揍我，媽還掐著我的脖子向受到驚嚇的年輕婦人道歉，年輕婦人驚魂未定，沒說幾句話就抱著我的獎品逃離現場。

「明明就是我套中的！」我又哭又鬧，氣到頭髮都捲起來了。

媽一路拎著我的耳朵回家，還威脅我以後不再帶我去夜市玩套圈圈。我則揉著被小女娃狠狠咬疼的手，眞是痛死我也。後來我的手上就出現一道小小的齒痕疤記，偶爾都會抽痛個一兩下。

這件事一讓我耿耿於懷，總覺得老天爺欠我一個公道，但我也不知道該怎麼跟祂討，所以只好任由祂一天一天欠下去。

十二年後，我開始寫小說。

十七年後，我遇到了小內。

小內是個很可愛的女孩，來自遙遠的、人口稀少的正妹星，小我九歲。

我們在網路留言板上認識，開始用msn聊天。很快的，我就用想去正妹星很久卻遲遲買不到機票的正當理由，約小內出來吃飯、看電影。

第一次約會，我們就放了很多煙火。

夜空絢爛的煙火下，我彷彿看見神鵰俠侶中，楊過送給郭襄三樣生日大禮時那份盛大的溫馨，與暖暖的感動。

我愛上了小內。

一番苦苦的愛戀、屢次遭到拒絕後，我們終於展開了交往。

由於九歲的年齡差距，與那夜煙火下的美妙印象，我喚她小郭襄。她則開玩笑地叫我阿財，很聳的暱稱。

不過有件事我很介意，就是小郭襄的額頭上有條淡淡的粉紅色痕跡，痕跡整整環繞了小郭襄的頭一圈，形狀整齊。

「那是什麼?以前受過傷嗎?」我撥開小郭襄的頭髮，憐惜地看著。

「不是，聽我媽媽說，那是小時候她帶我去夜市猜燈謎時，被一個奇怪的小男生用竹圈圈套中我的頭，還說我是他的獎品，硬要把我帶走!那天晚上媽媽將我帶回家後，我的頭上就出現這個怎要都消不掉的套痕，眞的很怪耶!」小郭襄嘟著嘴，委屈地說:「可是每次我跟別人說，都沒有人要相信我說的話。」

我完全傻眼。

「怎麼啦?很醜喲?你也不相信我對不對……」小郭襄很洩氣。

不信?怎能不信!

「當時，妳是不是死命咬住那個小男生?」我伸出手。

齒痕依舊在，幾度夕陽紅。

「原來……你就是那個小男生!」小郭襄愣住，輕輕摸著我手上的淡淡齒痕，無法置信地張大嘴。

「哈哈哈哈!隔了十七年，我終於領到了我的獎品啦!我的獎品!」我開心地抱起小郭襄，將她的身子快樂旋轉起來。

我們熱烈擁吻。

那一瞬間，我手上的齒痕、小郭襄額頭上的套痕同時奇異地消失。

「阿財，我好開心喔！」小郭襄甜甜地笑。

「有了妳，我就是贏得天下的男人。」我說，親吻小郭襄的眼睛。

除了奇蹟，我很難找到別的名詞描述我們之間超奇幻的愛情。

無論如何，懷抱著成爲故事之王的夢想，航行在文字創作的偉大航線上的我，終於找到了可愛的航海士。我們將一起欣賞航線沿途的美景，共同見識很了不起的東西。很棒對不對！

什麼？還有沒有空位？

那有什麼問題！

我們的船很大，空位很多，大家各就各位，一起殺進獵命師與吸血鬼的世界！

獵命師傳奇

獵命師傳奇系列【卷七】

目錄

# 〈血艷繽紛的韓城〉之章

# 第170話

韓國，西元二〇一七年。

再過一小時，演奏選拔會就要開始了。

在首爾高中的大禮堂，即將進行校內的鋼琴比賽預演，優勝的女孩將代表首爾高中，參加全國一百多所高級中學聯合舉辦的「全韓鋼琴資優生大賽」。

此次的競賽氣氛緊張，首爾高中的參賽者莫不衷心期待、摩拳擦掌，預備在校內競賽中一顯身手。然而這些熱烈的氣氛並不是因爲在「全韓鋼琴資優生大賽」中，國家教育部將提供前十名天資優異的女孩遠赴維也納留學深造；而是因爲在大禮堂擠滿人的觀眾席上，有個唱片公司的知名星探也位列其中，只要表現得好，就有機會得到星探的青睞。

然而在朴美心跟全雪心手牽手出現在參賽席後，很快地，那些希望得到星探矚目的參賽者便死心了。

朴美心一頭飄逸及肩的長髮，靈氣的細長雙眼。

全雪心長髮如瀑，白皙皮膚，天真無邪的笑容。

全校的目光，全都集中在這兩位氣質出眾的美少女身上，那位知名星探自也不例外，眼睛瞪大，被這兩位號稱「首爾雙心」的音樂高材生深深吸引。

這也是名星探，此行最大的目的。

「眞美啊，名不虛傳的氣質美……不論是哪一個獲得冠軍，另一個還是萬眾矚目的明日之星，光芒不滅。」星探嘖嘖心想：「如果兩個一併簽下，組成美少女鋼琴歌唱團體，一定能紅到日本……」拿起相機猛拍。

朴美心與全雪心不只在音樂上是競爭的最佳對手，也是眾所皆知的好朋友。她們從國小的音樂班就同班，十年來一直是無話不談的手帕交，一起保送進首爾高中後，也有志一同選了鋼琴主修。

「加油，雪心，不要緊張，發揮雪心平常的實力，雪心一定能雀屏中選的。」朴美心輕輕捏了雪心的手掌，對著她溫暖一笑。

「美心，眞希望校內的名額有兩個……如果我們能一起參加全國大賽，一定可以一起去維也納留學，那樣該有多好。我跟妳，永遠都不分開。」全雪心輕嘆，十指緊扣。

兩女互相打氣的可愛模樣，看得觀眾席上的數百高中男生如痴如醉。

參賽者開始抽籤決定演奏順序。

朴美心抽到雪心的前一號，四。

她們倆總是連在一起，連演奏也一樣。

這次校內甄選比賽的曲目是參賽者自定，沒有強制一定要演奏古典樂的曲目，若想表演流行樂改編的鋼琴曲也無妨，誰也無法參透評審評分的標準，因爲去年的冠軍便是選了熱門的流行樂彈奏，露了一手重新編曲的能力而掄元的。

前三位參賽者選了貝多芬月光奏鳴曲第三樂章、莫札特的第二十號鋼琴協奏曲，拉赫曼尼諾夫的帕格尼尼主題狂想曲，在掌聲中一一鞠躬下台。

到了第四號，朴美心上台，全場屏息。

向評審、觀眾深深鞠躬後，朴美心慢慢坐下，深深一呼吸。她選的曲目是好幾年前在電影「我的野蠻女友」中聲名大譟的「帕海貝爾的鋼琴卡農曲」。

表面上，選擇帕海貝爾的卡農在策略上可說是平淡無奇的選擇，因爲這首曲子的技巧要求不高，一個聲部的曲調自始至終追隨著另一個聲部，數個聲部的相同旋律依次出現，交叉追逐與纏繞，曲調重複性質過繁。此外，這首曲子太有名氣，也有另外一個參賽者同樣選了這首曲子。

但越是平凡的曲子，越能表現出演奏者的不凡。

朴美心充滿靈氣的演奏方式，細白纖長的十指在黑白琴鍵上飛舞，立刻讓這首難度不高的曲子充滿了生動的情感，對愛情的渴望彷彿化作了精靈。

「美心眞棒，維也納的機會是屬於妳的。」全雪心讚嘆不已。

直到最後一小節，朴美心身軀輕顫，將所有的生命力投注在鋼琴上。所有綿密細長的節奏全部融合在一起，永不分離，纏綿交疊的音符就像情比金堅的愛侶生死相隨。

最後一個音鍵，光輝澎湃地結束。

觀眾如痴如醉，掌聲熱烈，連評審都忍不住欣然鼓掌。

朴美心收拾好琴譜，又是深深一鞠躬，掌聲不歇。

如果不是還有個全雪心，此刻的冠軍已提前產生，毫無異議。

# 第171話

全雪心上台，與正要下台的美心相遇。

「雪心，妳的表演，是爲了要超越我而存在。」朴美心鼓勵雪心：「將妳對音樂所有的愛全部傾注在鋼琴上，妳一定會比我更出色。」眼睛閃動著光芒。

全雪心咬著嘴唇，擁抱了表現傑出的朴美心後，向評審與觀眾鞠躬。

全雪心將琴譜擺在鋼琴上，朝著雙手輕輕吐氣，暖和緊張的手指。

沒有人知道全雪心即將彈奏的曲子是什麼，評審桌上的曲目單也只有簡單的「自選曲」幾個字。每個人都很期待雪心將帶來什麼樣的驚喜。

「這首曲子，是獻給妳的……我最好的朋友，美心。」全雪心開始彈奏。

毫無疑問，在琴鍵輕顫的第一刻開始，曲子便在全雪心精妙的演奏下催發出最動人的力量。這首鋼琴曲曲調旋律輾轉反覆，卻又在下一刻擁有瞬息萬變的生命力，奇異非常。

全雪心彈奏著，彈奏著，彈奏著……曲子的音符像是擁有自己的生命，極富穿透力，飛掠過每個聽眾的靈魂裡，牽繫著每一次的呼吸。如同天使走過人間。

評審個個面露驚訝神色，忍不住提筆在紙上寫起簡語，相互詢問其餘的評審是否聽過這首曲子。結果，答案都是一無所悉。

這份神祕的琴譜是七天前，朴美心送給全雪心的生日禮物，據朴美心說是家族流傳的古老樂譜，年份不詳，知者闕如。但曲調之美，彷彿代表著兩人之間高貴的友誼。

於是朴美心便將琴譜的家傳原始版本送給了全雪心，希望她能夠在此次校內選拔會裡將兩人的友誼演奏出來。全雪心只是私下演奏了一次，便發覺這曲子極美，深深爲其中的旋律所打動，當然一口答允。

大禮堂台上，神祕的鋼琴曲持續演奏著，全場沒有一絲多餘的聲響。

星探整個人發抖著，他知道他不只找到了一個音樂才女，而且還爲她氣質出眾、情感豐沛的演奏姿態所深深著迷。

到了這種境界，後面的參賽者根本不必再上，選拔的結果已提前出爐。

彈奏著，彈奏著，彈奏著……

在一個令人錯愕的鍵音後，所有聲音成了空白。

全雪心的手指硬生生停在琴鍵上，全場聽眾的心頓時懸在半空中，不能理解演奏爲何會斷在這麼優美的地方。

「……」全雪心呆晌，無法置信地看著架上的樂譜。

頓時，全雪心露出極度驚恐的表情，呼吸困難，彷彿看見什麼恐怖的事物。

全雪心想要站起逃走，但臀部才離開座位，身軀就被一股無形的力量給重重壓制，被迫繼續坐在鋼琴前，面對尙未完成的演奏。

咿咿啞啞，雪心的嘴巴張得老大，卻不像是單純因爲恐懼的反應，更像是被看不見的怪力給硬撐開肌肉。

「怎麼了？台上到底發生了什麼事？」

「雪心在搞什麼啊？」

「這也是表演的一種嗎？怪怪的……」

「看來不像是假裝的呢！」

眾人議論紛紛，評審都皺起了眉頭。

「難道是突如其來的怯場？」知名星探躊躇，拿起相機拉近鏡頭仔細觀察。

「果然……這份樂譜是眞的！」朴美心瞳孔一縮。

驟然，全雪心的背暴拱了起來，頸子往前一壓，原本垂晃的雙手往兩旁猛一伸，關節發出劇烈的啪啪聲響，全場聽眾莫不譁然。

全雪心的眼睛露出求救的信號，但她的身體卻被可怕的力量給征服。全雪心竭力想扭轉脖子避開眼睛接觸琴譜的視線，卻又被逼迫似地瞪視著魔鬼般的琴譜，精神瀕臨崩潰，卻又叫不出聲來。

「到底她……看見了什麼？」朴美心在台下訝然不已，手心冒出興奮的汗水。

那傳說……傳說是眞的……那便是妳的命運乖違了。朴美心的呼吸發熱。

正當評審們想要開口詢問雪心的狀況時，全雪心的雙手重重摔在琴鍵上，開始瘋狂的彈奏。全場的人胸口彷彿同時被一把重鎚狠狠砸中，心臟一震。

全雪心手指擊觸琴鍵的力道之猛、彈奏的速度之狂亂，都可怕得嚇人。再沒有悠揚動人的音樂，台上傳來的琴聲猶如張狂扭曲的五線譜，洶湧出無限巨大的魔鬼咆哮。

但那些可怕，都遠遠及不上全雪心淒厲模樣的萬一。

無法求救的全雪心「不可自拔」地彈奏鋼琴，身體……根本就不是自己的。任誰都可以看出來，有某種邪惡的力量正支配著雪心的身軀，要她將神祕的琴譜給彈奏完成，那姿態不像是木偶懸線纏住雪心四肢，而是完全被狠狠抓住！

一個評審忍不住驚呼起來，全場聽眾也接二連三摀眼大叫。

全雪心竟流下紅色的血淚，兩道腥紅從白皙的天使臉孔劃下，滾滾不止。血淚落在黑白的琴鍵上，那景象驚悚至極，卻沒有讓全雪心彈奏鋼琴的動作停止，反而越來越快，越來越用力，越來越恐怖！

「第七天了……」朴美心看著台上的全雪心，雙手顫抖緊握，心中卻冷淡異常，暗忖：「從妳第一次彈奏這份樂譜開始，已經七天了……」

數百人的尖叫聲此伏彼起，甚至有人開始離席而逃。

全雪心的指骨嘎然斷裂，十指指骨刺出皮膚，卻用無法形容的怪力繼續砸向琴鍵。

登登登！登登登！登登登！登登登！

全雪心的手臂骨竟然也啪然斷折，怪模怪樣地刺穿出皮膚……但全雪心卻不肯「放棄」，沒有斷裂的上臂高高揚晃起斷裂的下臂，像甩出釣魚線般將破爛雙手摔向琴鍵。

一摔，再摔！

全場越是尖叫、恐懼，那恐怖的琴聲就越是膨脹壯大，那魔鬼咆哮般的「地獄音樂」持續屠戮著在場每一個人，震動每一片脆弱的耳膜。

最後，全雪心的喉嚨勉強嘔出一聲怪叫，上半身重重趴倒在鋼琴上，用僅剩的氣力與靈魂「彈出」最後一個音符。

終於，一動也不動了。

萬眾矚目的明日之星，音樂才女全雪心，就這麼活生生被凌遲在表演台上。

全場大亂，只有朴美心一個人冷冷地坐在原座，佯作方寸大亂。

「大家都知道妳跟我是無話不談的好朋友，沒錯，妳一向是我的好姊妹，比眞正的姊妹還要親近，即使我將比賽冠軍的頭銜讓給妳也沒關係，但……妳再怎麼跟我友好，也不該跟我愛上同一個男孩。」朴美心冷笑：「妳偷偷寫給學長的情書，早就被我發現了，是我先說喜歡學長的，是我先說喜歡學長的……」

朴美心站了起來。

只見全雪心掛著兩行紅淚的眼睛，死不瞑目，充滿怨念地看著她。

## 千斤眼

命格：情緒格

存活：一百五十年

徵兆：疑神疑鬼，老是覺得有人跟蹤自己，被別人多看一眼就覺得肯定是被偷偷愛慕，老是覺得在隔壁座位看電影的人在偷看自己，堅信拜託自己轉交情書的人其實是在暗戀自己。

特質：誤認自己是世界中心的結果，不是被指責自大，而是陷入病態的沉溺。宿主絕對無法專注在眼前的事物。

進化：若宿主能夠將這種情緒力轉化為正面的能量，將擴展集體格的「萬眾矚目」。

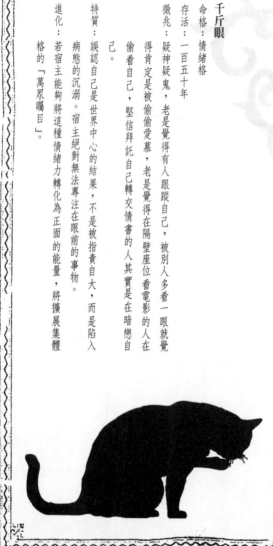

# 第172話

全雪心的死在首爾高中掀起了漫天謠言，與穿鑿附會的恐怖傳說。

——「演奏後第七天，將會殺死表演者的詛咒樂譜」。

認眞考證起來，這個恐怖的傳說並不新鮮。

早在半年前，在中國十里洋場的上海城市，有一位九歲鋼琴神童撿到了一份陳舊的古老樂譜，於是私下展開勤奮的練習。七天後，當他興致勃勃地演奏給他那在復旦大學擔任教授的父母聽時，竟在最後一個琴鍵敲下後，怪聲怪叫地衝向陽台，從十樓高的住家往下一躍，摔成了肉泥。

更早大約在一年前，台灣曉明女中的鋼琴音樂會上，也有一名高中資優生在禮堂公開演奏完此曲，獲得滿堂喝采。七天後，該名資優生便在數學課上，「公然用雙手將自己給活活勒死」，雙眼暴出，下體失禁。死法極不合理。

有人言之鑿鑿，多年前也有一個東京大學的音樂系女教師，在演奏了此份神祕的樂譜七天後，慘死在自家的客廳裡，死狀恐怖到莫名其妙的境界——死者竟將滿嘴的牙齒用老虎鉗硬拔出，死因是失血過多。由於死者獨居，沒有證人，警方起初還以爲是暴徒行凶，後來才發現老虎鉗上的指紋都是音樂女教師一個人的……

至於「七天」這精確的數字是怎麼計算出來的，就是個難解的謎。或許是因爲這種鬼怪傳說，難免要套上一個數字比較能說服他人相信。或許，「七天」這樣的數字本身就具有特殊的魅力。

更或許，傳說根本不是傳說，而是不該存在於人間的眞實。

詛咒的魔鬼樂譜飄洋過海，懷抱著死者無限的怨念，在亞洲諸國中厲殺不斷。

選拔會被迫中止後，警方拉起黃色封鎖線，沒收了所謂的詛咒樂譜。

警方也請教了當天的比賽評審，卻發現這份詛咒樂譜上的音樂稀鬆平常，除了紙質泛黃略老外，並沒有任何特異之處，與全雪心暴斃當天公開演奏的版本截然兩幟。

那麼，全雪心那天看到的鋼琴譜，到底是什麼？

全雪心的摯友，外傳的琴譜提供者朴美心否認了這項傳聞，聲稱自己贈與全雪心的樂譜另有其物，只是全雪心並沒有採納當作比賽的素材。

而放在鋼琴架上的樂譜，朴美心猛搖頭，邊哭邊發誓自己根本沒有見過。

此「凶殺案」的目擊證人共有七百六十四名……

多日後，女生廁所洗手台。

「真可怕，我的腦中這幾天都是當天全雪心演奏的音樂，想忘都忘不了……」一個女生洗著臉，嘆氣：「害我連午休也睡不好。」

「怎麼辦，我也是……剛剛在上音樂課的時候，我還差點在鋼琴上彈起來，幸好下課鐘聲救了我一命！」另一個女生看著自己的雙手發抖：「當時有個衝動，如果及時把手剁下來救得了自己，那也沒辦法了。」

「我……我不知道這算不算，那音樂一直在我腦子裡盤旋不走，剛剛上英文課，我情不自禁在桌子上輕輕彈了起來……這算不算？這算不算？」第三個女生簡直快哭了。

但另外兩個女生，當然無法給她答案。

七天後，那位在桌子上敲打完整首歌曲的女孩在放學後的教室裡上吊自殺。

有人說，毋庸置疑，她是遭到詛咒所殺。

也有人說，她是承受不了詛咒的壓力，於是乾脆懸樑自盡，圖個輕鬆。

□

籃球場邊，兩個穿著校隊球衣的男孩坐在球架底下喝飲料，黑眼圈都很深。

「這音樂好恐怖，好像影子一樣甩都甩不掉，他媽的，整天都在跟蹤我！」甲男幹罵道，聲音卻在發抖。

「混帳，早知道就不去聽了，那鬼音樂在我腦子裡裝了一台放音機，整天就是不斷重複又重複，我卻找不到天殺的停止鍵！」乙男拿著籃球猛敲自己的腦袋。

「幸好我們都不會彈鋼琴，要不然一不小心彈了，怎麼死的都不知道！」甲男嘆氣，一拳忿忿擊向地板。

恐懼的氣氛，已經瀰漫了整個首爾高中。

兩個禮拜之後，首爾高中已有三女一男陸續因爲彈奏這首曲子，在第七天離奇暴斃。校方開始聘請心理輔導師到學校，試圖將這股謠言風氣給導正。

不多久，靈異節目的採訪車駛進了首爾高中。

在媒體的推波助瀾下，整個韓國都被邪惡的傳說陰影所籠罩。

# 第173話

該怎麼解釋朴美心「擁有」謠傳中「詛咒殺人的樂譜」這件匪夷所思的事？

答案同樣令人費解。

自從知道選拔會的時間後，朴美心一開始只是在網路上搜尋富有新意的自創樂譜，心想透過自己的再改編，一定可以有別出心裁的演出。

意外地，朴美心在eBay上發現了標題為「七日噬主的鋼琴譜」如此奇怪的宣稱，而且連簡單的照片說明都沒有。朴美心好奇之餘參與了競價，以極低的價格得標。匯了款，三天後樂譜就由不知名的網友用宅配寄到家裡，並簡單附註了「使用的方式」，與退貨說明：七日後若產品不符需求，可無條件退還。

現在看起來，那份退貨說明眞是諷刺到了骨子裡。

而整個「連鎖恐怖事件」的始作俑者，朴美心，並沒有因為情敵全雪心的慘死而得到任何快樂。

相反地，朴美心面臨的恐怖比起任何一個首爾高中的同學，都還要巨大。

朴美心是個音樂奇才，在近距離聆聽過全雪心精湛的演奏後，那旋律就像帶刺的荊棘藤蔓纏裹住她，比其他聽眾更無法解脫。

於是朴美心戴上了耳機，無時無刻都用隨身mp3播放最吵雜、最震撼的搖滾樂，有時替換以節奏感最強烈的硬式嘻哈，就是不讓自己的耳朵休息，讓難以忘懷的旋律侵入自己的思緒裡。就連睡覺時也不例外。

隨時處於心神緊張狀態的朴美心，變得神經兮兮。

……走路左顧右盼，不敢一個人上廁所，也不敢在日落後走路回家。對於街上的恐怖電影海報，她不是不敢看，就是歇斯底里將海報撕下來。

「所有人，應該都等著看我的笑話吧……」朴美心喃喃自語，咬著手指，說：「我絕對不讓他們得逞……我是站在眾人之上的，永遠都是最好的。」

纖纖漂亮的粉紅指甲都已龜裂、滲血。

沒有一隻手指的指甲是完好的。

而最令朴美心驚懼的，就是丟甩不掉的詛咒樂譜。

那份應該被警方扣留沒收、鎖進證物室的樂譜，竟然出現在朴美心的書包裡。

不管朴美心怎麼將詛咒樂譜丟掉、燒掉、或扔進碎紙機裡，第二天詛咒樂譜都會離奇地出現在朴美心的書包裡，或是枕頭底下，或是疊好的制服裡。

擺脫，不掉。

到了這種地步，朴美心當初「殺害」全雪心的初衷——「爭奪男友」，已經被巨大的恐懼怪獸給吞噬，完全不復記憶。

剩下的，只有戰慄的靈魂。

# 第174話

延期的選拔會即將在一個小時後舉行，所有參賽者都將重新演奏，但曲子一律改成貝多芬的月光奏鳴曲，以免有多餘的臆測與擔心。

更多的媒體擠滿了演奏會的現場，而上次那位知名星探還是鼓起勇氣出席，畢竟接下來會發生什麼事，沒有人願意錯過。只是這次星探帶了最好的耳塞過去，一有不對，立刻可以塞住耳朵，不讓惡魔的呢喃有機可趁。

重新抽籤，朴美心抽到了第十四號，最後一位上台。

在十三名參賽者陸續演奏了貝多芬的月光奏鳴曲後，於第一場選拔賽中表現超群的朴美心，終於在熟悉的聚光燈下，神色淒迷地走向台上的鋼琴。

朴美心步履蹣跚，頭髮散亂有如稻草，讓所有聽眾大感吃驚。

「我要的東西沒有人可以奪得走，其他人得到的東西，全部都是我不要的……我施捨的……」朴美心念念有辭，呆呆傻笑。

坐在鋼琴前，朴美心將貝多芬的樂譜擺在琴上，表情呆滯地看著前方。

沒有任何動作的朴美心，自然引起數百人的議論紛紛。

有些人猜測朴美心過度哀傷好友的死去，以致精神恍惚，無法正常比賽。

更多人認爲朴美心是在作戲，想爭取媒體的同情一舉躍上全國新聞的版面。

「十四號，朴美心，妳可以開始演奏了。」評審提醒。

但朴美心沒有聽見評審的提示，因爲她在一個小時前，已將「三秒膠」插進耳朵裡，用化學藥劑灌滿整個耳道。就物理上來說，朴心美已經聾了。

「朴美心？……朴美心？」評審手掌輕扣桌子，皺眉再次提醒。

朴美心宛若大夢初醒，瞪著眼前的琴譜。

那琴譜……何時變成了「詛咒的樂譜」？是誰的惡作劇？

朴美心想要驚聲尖叫，卻無法出聲。

想要站起逃走，雙腳卻連拔離地面的可能都被「奪走」。

這無法動彈的模樣，跟當初全雪心的慘狀沒有太大分別。

只是今日，朴美心清楚「看見」了別人看不到的眞相。

「導播！怎麼辦？要不要上去把她拉下台？」攝影師駭然。

「你是笨蛋嗎？第一天扛攝影機嗎？」導播驚喜交集，牙齒咬著拳頭說：「拍！繼續拍！無論發生什麼事都要繼續拍下去！」

現場六家電視公司的攝影機全都做出一樣的決策——繼續麻木不仁地拍攝。

數百名聞風而來的聽眾，更是沒有人膽敢往前一步，有些人甚至拿起手機或數位相機開始拍攝台上的「奇景」，並祈禱務必要有恐怖的事件發生，才有不虛此行的豐盛感。

而騷動不已的聽眾席上，有幾張異常冷靜的臉孔，他們只是專注地觀察。

他們戴著紅色墨鏡，穿著黑色西裝。

西裝有些鼓脹，因爲在黑色衣服底下隱藏著不爲人知的祕密。

台上，朴美心看見了。

詛咒的樂譜上，燃燒著一股青色火焰的「能量」。

那火焰很快就有了「獸」的形態，張牙舞爪，姿態跋扈。

那不是獸……是……是……妖怪！

妖怪猙獰低吼，從身上的火焰竄燒出好幾個死不瞑目的「死者」。

「死者」有些是朴美心不認識的陌生臉孔，卻也有前段日子離奇死亡的首爾高中同學，還包括在眾人面前慘死的好姊妹全雪心，模樣都呈現出死亡當時的姿態。

毫無疑問，那些死者俱是死於此樂譜七日咒殺之下的亡魂。

「……」朴美心恐懼不已，全身都被死狀淒厲的亡魂給控制住。

有的亡魂拉住朴美心的腳。有的亡魂扯開朴美心的下顎、拉著朴美心的舌頭。有的亡魂掐著頸子。有的亡魂亂扯頭髮。有的亡魂戳著眼睛。

而全雪心的亡魂，則與另一個亡魂抓起朴美心的雙手，重重地摔在琴鍵上！

青色火焰的妖怪繞著鋼琴疾奔，一場被鬼怪操縱的恐怖演奏，再度上演！

朴美心的手指在亡魂的操縱下，狠狠彈奏出詛咒樂譜上不存在於世間的音樂，越彈越快，越快越狂暴。

全場摀起耳朵、戴上耳塞，卻無法阻止詭異的音符與耳膜之間的共鳴。

幾個小節過去後，朴美心的手指發出奇怪的暴響。

指甲崩裂，細長的骨頭瞬間炸開，咻咻穿出皮膚，鮮血淋漓。

「沒有親眼見到，根本不敢相信……這簡直是太經典啦！」導播大吼。

亡魂繼續在狂暴的彈奏中，拆解著朴美心的肢體與靈魂，而朴美心的恐懼越來越深，青色火焰的妖怪繞著鋼琴奔跑的速度就越快，恐懼好像是此項儀式的薪柴。

雙手繼續毆打琴鍵，朴美心身體卻彎曲成不正常的弧度，彷彿再多折一點點，脊椎就會像斷掉的弓一樣裂開。全場荒謬地屏息以待。

可怕的喀喀爆響，亡魂在朴美心脊椎骨崩裂的前一刻，忽然住手。

恐怖音樂已經演奏完畢，只剩下最後三個「音」。

雙手臂骨寸斷寸折的朴美心，用離奇的姿勢爬上了鋼琴，失禁的尿水一路灑將上去，看得大家嘖嘖稱奇……明明知道最大的悲劇即將發生，卻沒有人有進一步的動作，就連最善良的學生也不知所以然地動不了「救援」的念頭。

站在鋼琴上的朴美心，僵硬地看左、看右，好像有無形的怪手刻意扯著朴美心脆弱的脖子，要她看看這世界最後的風景——沒有人願意伸出援手的獵奇殘酷。

「美心，我們兩個總是連在一起，連……命運也一樣。」七孔流血的全雪心，在朴美心封閉黏合的耳邊呢喃。

亡魂平舉起碎爛的雙手，讓朴美心呈現如稻草人的枯槁姿態。

頭下腳上，跳水般躍落。

碰！

全場驚呼。

區區一公尺半的高度，就足以讓朴美心的腦袋恰恰正中磨石子地板，發出巨大的撞擊聲。血塗開，紅色的舞蹈噴灑在台上。

「我的天……」知名星探的心臟怦怦然跳。

朴美心在亡魂的「攙扶」下，再度爬上了染血的黑色鋼琴。

撐起雙手，頭下腳上，再度砰然躍下。

碰！……啪滋。

頭顱整個破開，乳白的腦漿像豆花般潑出，激射到評審席上。

朴美心兩隻眼睛承受不了顱內壓力，整個凸爆，舌頭也甩了出來。

此時已有觀眾再也看不下去，奮力拍打虛軟掉的雙腿逃開，嘔吐聲此起彼落。大禮堂裡的氣氛複雜到了極致，每個人都釋放出很強烈的情緒。

「還有，最後一個音呢。」

渾身是血的亡魂全雪心，扛起氣若遊絲的摯友，再度攀爬上鋼琴。

青色烈焰的妖怪停止了繞行鋼琴的疾跑，靜靜匍匐地上，蓄勢待發。

「唔……」朴美心的喉嚨裡乾嘔了一聲。

身子前傾，恐怖地下墜。

在整個腦袋撞碎在地板上的巨響後，朴美心的凌遲五線譜終於走到了盡頭。

# 第175話

死亡是痛苦的解脫，在此時此刻並不適用。

充滿怨念的新亡魂，以能量的形式從朴美心的屍體裡叫囂衝出，卻立刻被一撲而上的青焰妖怪給張嘴「吃掉」，而其他亡魂也哀傷地化作火焰，鑽回青焰妖怪的身上。

一瞬間，青焰妖怪的身軀變得更龐大了。

無形的青焰妖怪貪婪地看著圍觀的數百聽眾逃走。

在牠的眼中，這些可能的宿主身上都散發出很濃很香的恐懼能量。聽眾已經逃竄過半，但這些恐懼的能量尚未隨著大家的逃走而溢散。

「嘻嘻。」青焰妖怪衝出，在聽眾席上來回獸馳。

青焰妖怪張開比例怪異的巨嘴，毫無顧忌地吃食這些殘留在現場的恐懼，身軀也越來越巨大，火焰越來越旺盛。

「……」青焰妖怪還覬覦著由攝影機裡隱隱發出的奇異光芒，那光芒正以驚人的速度在鏡頭底下成長著。

到場的六個媒體，有兩個是採取現場直播的方式。透過SNG現場直播的效應，恐懼的情緒正快速在韓國民眾間繁衍，變成一股無法遏抑的邪惡能量。

青焰妖怪吃食完留在大禮堂現場的恐懼後，便咧開嘴巴朝著攝影機疾跑而去。

突然，青焰妖怪本能地止步。

嗅嗅。

牠不該被看見的……

但幾個穿著黑色西裝的人類悄悄站了起來，以嚴謹的陣式包圍住了牠。

四周圍地下，不知何時冒起了滾滾紅霧。那紅霧傳來熟悉的、令青焰妖怪焦躁不安的氣味。青焰妖怪忍不住後退了一步，邪眼打量情勢。

「怎麼回事啊？」現場的媒體納悶。

「不好意思，請媒體朋友關掉攝影機，所有人立刻離開現場。」黑西裝人拿出警察證件，嚴肅道：「否則一律以嫌疑犯的身分回刑事局做筆錄。」

「這些紅霧疑似恐怖份子的毒氣，還請大家多多配合，從最近的出口離開。」另一個黑西裝人也拿出警察證件，皺眉命令。

雖然不相信紅霧是所謂的毒氣，但反正該拍的也拍完了，現場媒體沒有任何異議，立刻扛起攝影機離去。留下的觀眾也沒有興趣協助製作筆錄，於是都腳底抹油離開。

空蕩蕩的死亡大禮堂，就只剩下詭異的紅色煙霧瀰漫在角落四周，與一具慘死在表演台上的新鮮死屍。以及，十個身穿黑色西裝的「警察」。

紅色的墨鏡上，顯映著奇異的數據，與一團獸形噴漲的青光。

數據不斷飆高。

「大家注意，這個命格很驚人，估計至少有六百年至八百年的強大能量。」一個「警察」率先脫掉黑色西裝，露出黑色的特製勁裝。

「這大概是我們首次面對快速妖化中的命格吧。捕大魚得要用大網，大夥散開些。」所有人脫去西裝，戒慎恐懼進入戰鬥的狀態。

「根據文獻，這種六百年以上的能量的命格，極可能已經有了具體的思想能力，不能小覷。」一名黑衣客拿出必備的道具「鏡子」，牢牢裝置在手臂上。

……這些人不簡單呢。青焰妖怪思忖。

這些黑衣人不僅能夠看到肉眼無法捕捉的自己，還能用紅色的煙霧封鎖住自己。不必嘗試，光是嗅嗅，就知道這些紅色煙霧就像是「天敵」的血印結界，能夠將自己的行動給有效限制住，強行衝撞的話肯定會被反彈回來。

但，如果僅僅是這樣的伎倆就想抓住自己，未免也太可笑了。

「就陪你們玩玩吧。」青焰妖怪冷笑，知道這些人聽不到自己的語言。

空氣劇震，青焰妖怪開始狂奔，在紅霧中躲避黑衣人鏡子的「引力攻擊」。

自古以來，接通陰陽兩界的鏡子，就是命格本能的棲身之所，鏡子對於命格來說有種無法抗拒的吸引力。然而存在於人世間已經很久很久，具有思考能力的青焰妖怪已經擁有了對鏡子的抵抗力，能夠靠意志力擺脫對鏡子的依賴。

十名黑衣人機警移動，同時用鏡子在紅霧中試圖封鎖青焰妖怪。但青焰妖怪在有限的空間裡疾奔的速度，快到讓所有黑衣人傻眼。

而專門撩起恐懼、吃食恐懼維生的青焰妖怪，身上的無形火焰不斷掃在所有的黑衣人身上，那種絕望的意念穿透了靈魂，令訓練有素的黑衣人忍不住打起了寒顫。

「隊長！怎麼辦？要加強血咒結界嗎？」一名黑衣隊員咬緊牙關，手裡捏著黑色橡膠圓球，背脊全是冷汗。

「大家鎮定，強化第二層血咒結界。」黑衣隊長瞇起眼睛，冷靜地捏碎手中橡膠圓球。

圓球裂開，瞬間噴出紅色的濃霧。眾黑衣人將正劇烈冒出紅霧的圓球，擲向不斷改變軌道疾跑的青色能量，令命格的快速獸行大受限制，左支右絀。

……看起來，有點不好玩了呢。

「嘻嘻，可是我不僅可以寄宿，還有奪舍❶的能力。」一邊快速躲開臭氣難聞的紅霧，青焰妖怪一邊邪笑道：「或許我衝不出血咒結界，但舒舒服服躺在人類軀體內的話，嘻嘻，要走出這裡簡直就是大搖大擺呢！」

決定了。

「那就，挑一個看起來最強的人類吧！」

獰笑，青焰妖怪衝進了黑衣隊長的軀體內。

❶附身的近似詞，指搶奪宿主的軀體，成為新的意識者。

# 第176話

黑衣隊長的瞳孔放大，倒吸了一口寒氣，頭髮微微豎了起來。

掌紋歪曲倒斜，變成了無窮的紅色迴圈。

「隊長！」黑衣人驚懼道。

這種情況前所未有，一時之間其餘九人也不知道該怎麼應變。

「……」擁有八百年能量等級的青焰妖怪，瞬間篡奪了黑衣隊長的意志，並看遍他腦袋裡所有的記憶，理解這些人的身分與招式。

摸著手臂上的磁盤，被奪舍的黑衣隊長若有所思地打量周遭同伴。

「隊長……你沒事吧？」黑衣同伴戰戰兢兢。

「沒事。」黑衣隊長冷笑，一甩手間，電流改變磁極，一只金屬圓盤從手臂上的磁盤機關猝然噴出。

金屬圓盤藉著「磁力互斥」的原理噴離開手臂磁盤的瞬間，圓盤藉著高速迴轉的離心力，從上下兩層甩現四片鋒利的鈦刀片，變成高速自轉的殺人飛盤。

寒芒破開周遭的紅霧。

猝不及防，磁刀一瞬間便將三名措手不及的部屬腦袋削落。

黑衣隊長縱聲大笑，磁刀一迴盤，只是輕輕一接觸，立刻又醞釀出新的動能，噴射出去。同時，黑衣隊長也縱身前衝，殺氣升騰。

「隊長的意識被掠奪了！攻擊他！」一位黑衣隊員驚呼，所有隊員紛紛按下磁力操控扭，將手臂上的金屬圓刃噴射出去。

但這道命令才一出口，兩名黑衣隊員已瞬間慘死在先發制人的黑衣隊長手裡，血箭四射，頭顱與斷手同時摔在地上。

「喔喔，太慢了喔！」矯健的黑衣隊長踏步狂衝，逼近剩下的四名隊員時，身軀也被來襲的磁刀斬中。左手齊肩飛斷，胸口被另一柄磁刀破入貫穿。

人會因疼痛動作略滯，但奪舍的青焰妖怪可不以爲意。

就在中招的同時，牠悠閒操控著黑衣隊長的身軀。俐落地右手往前一帶，迴旋的磁刀再度砍斷一個部屬的脊椎，而自己的嘴巴也野蠻地咬斷另一個部屬的頸動脈。熱呼呼的鮮血在外翻的頸動脈中啪啪作響，潑灑了一地。

「死吧！」唯一剩下的部屬蹲在地上，看著自己手中噴出的磁刀在空中嗚嗚盤旋，將隊長剩下的右手也給砍斷。

部屬傾臂一操控，磁刀並沒有回到自己手中的磁盤，而是乾脆地在空中多轉一圈，一口氣削掉慘遭奪舍的隊長頭顱。

隊長的腦瓜子咚地落地，生命力殞滅，人類天生禁錮命格的磁場空間也隨之消失。囂張的青焰妖怪立刻順理成章，破屍而出。

格殺了隊長的部屬，卻打了個冷顫。

「嘻嘻，這場作戰我無論如何都不可能輸。」青焰妖怪狂笑：「你自以爲殺了我就能怎樣？實在是太可笑了。最後活著的贏家身體，就是我下一個寄居的豪宅。有勞了。」

獸吼，獸疾。

黑衣部屬慘呼了一聲，掐著自己的頸子，雙膝重重跪下。

青焰妖怪已鑽進黑衣部屬的身軀，撕裂原本的精神意志，篡奪其中。

「哼，雕蟲小技。」

黑衣人吐出一口濁氣，眼睛裡青光乍現。

拿下紅色的墨鏡，東摸西看，上面還有特殊的顯影文字與數據。

黑衣人嘖嘖稱奇。從宿主腦中的記憶得知，現在的世界已經製造出可以看見「牠」的東西，甚至還有追捕牠的有效方式。那是稱之爲「科技」的古怪技術。

「嘻嘻，這眞是連妖怪都匪夷所思的技術。」黑衣人握掌，捏碎紅色墨鏡。

待會離開了被討厭的紅霧淹沒的大禮堂，青焰妖怪打算立刻讓這無用的宿主自殺。隨後，再嗅著牠熟悉的恐懼，寄宿到因詛咒樂譜而害怕、念念不忘音符的倒楣鬼身上。

這才是牠眞正的生存、成長之道。

距離牠修煉成妖怪的完全體，只剩下兩百年的光景。

不……一定還可以更快！比以前的任何一個時期都還要快！

簌簌。

簌簌。

自挑高二十公尺的大禮堂上方，有灰屑細粉落下，落在黑衣人的肩上。

「？」黑衣人抬起頭。

只見禮堂上方的弧頂裂開幾道隙縫，隙縫越來越大，越來越深。

黑衣人感覺到一股強烈的不安，籠罩在自己頭頂，壓得自己腳步幾乎站不穩。

轟！

大塊屋頂碎石崩落，一道狂霸的身影直衝而下。

黑衣人瞳孔縮小，警戒地往後飛退一大步，雙臂護住臉孔。

粉碎四散衝擊的砂石刮過黑衣人的臉頰，擦出一條條血痕。

從天衝下的身影，悍然立在灰煙瀰漫中。

那是一個高大、連影子都無比堅硬的漢子。

漢子，少了右手。

「好一個，死亡連鎖❷。」

斷手人抖擻高大的身軀，睥睨著黑衣人體內的青焰妖怪。

沒有多餘的動作，他驚異的狂猛氣勢，就已吹得青焰妖怪幾乎要嘔吐。

「我一直在追蹤你。上次，你是一間住了就會在第七天失蹤的凶宅。再上一次，是看了七天後會慘死的狗屎錄影帶。然後，是接到預告七天後會死亡的手機留言。這一次，你倒是蠻有氣質的，機機歪歪挑了什麼鬼樂譜，還搞了個鋼琴限定。」

斷手人一邊說話，一邊用銳利的眼神貫穿青焰妖怪，說：「看來你再也不需要七天的制約限制了，甚至還學會了講屁話。半個妖怪的你，眞是越來越強大了。未來有媒體將你的詛咒廣爲傳播，你將以前所未有的幾何速度，變成眞正具有形體的妖怪。」

突然，斷手人咧開嘴，豪邁地笑笑：「當然了，那是指沒有遇到我的話。」

那隻名叫「死亡連鎖」的青焰妖怪，原來是一種操縱怨念的命格。牠看著眼前的硬漢，心中有一種說不出的滋味。

要說恐懼，那眞是未必。

牠知道牠比眼前的硬漢還要強，牠嗅得出來。

但牠還嗅到一股，讓牠感到哆嗦的氣味。

「獵命師啊……兩百年沒遇過了。還是個斷了隻手的沒用獵命師。」黑衣人嗤之以鼻，心中卻是一凜。

斷手人的身上，散發出很不吉利的氣味。那是同伴哀嚎的味道。

「別那樣叫我，那種稱號是懦夫的代名詞。」斷手人沉聲，虎步踏前：「一定要打招呼的話，就叫我……」

「大獵命師，烏、霆、殲。」

---

❷請參閱《獵命師傳奇》卷四，屬於集體格的「死亡連鎖」命格設定。

## 所託匪人

命格：集體格

存活：兩百五十年

徵兆：朋友老是「報告老師」自己的小惡行。跟會老是被倒，當保人老是被跑，被摯友橫刀多愛的次數大到想死，借錢一定要有此生討不回來的覺悟。

特質：不斷遭到他人背叛的惡質爛命，常讓宿主陷入十步一殺的危機中。

進化：任由此命格吃食宿主的悲念，必然由悲而怨，成長為「刑凶災星」。

# 第177話

「上一個獵命師，肯定沒餵你吃過火炎咒。」

烏霆殲舉起唯一的左手，緊緊一握。

在古老咒語的召約下，烏霆殲整條手臂燃燒起來。

火焰的顏色自黃而紅，由紅轉青，能量越來越強猛。

「試試！」烏霆殲嘴巴輕輕一吹，一道火箭從平舉的手掌心射向黑衣人。

「好啊！」黑衣人怪叫一聲，兩手齊甩，銳不可當的圓形磁刀噴出！

磁刀削開火焰，焰氣破散。

烏霆殲並不硬擋，一躍，一閃，卻沒有完全躲過高速飛行的磁刀。

左大腿與右肩，各自被劃開一道血箭。

「好厲害的兵器，一般的斷金咒可抵擋不住。」烏霆殲在半空中皺眉，心想：「即使我已經在上頭觀察過先前的打鬥，心態也沒有大意，還是不免中招。」

攻擊還未結束。

「去死吧。」黑衣人咬牙，雙手迅速回拉，扯動無形的磁力線。

磁刀在空中迴旋，從烏霆殲的背後回斬。

但烏霆殲的背後像是長了眼睛，一落地，就掠身閃過來自背後的磁刀攻擊。

然而高速殺行的磁刀也不是大街小巷就可以買到的武器，刮過烏霆殲的背脊時，銳利的風壓將黑色皮外套破出兩道口子。

烏霆殲只是堪堪躲過，驚險萬分。

「光這一下，速度就比剛剛來得慢。」烏霆殲暗忖，映證了他的簡單推論。

在空中盤旋越久，依賴瞬間加速度噴出的磁刀，續航的力量就越弱。

如果是這樣，就不能讓他的磁刀回到他手上的磁盤……那麼，就這麼辦！

烏霆殲快速拔衝，卻不是衝向黑衣人。

「逃啊？想不到我寄宿在這麼厲害的人身上吧！」黑衣人邪笑，雙臂猛一交叉，磁力線再度繃緊。

磁刀第三度朝烏霆殲攻擊，一左一右。

即使速度變得慢些，依舊是快速絕倫。

「但夠了。」

烏霆殲衝跑，左手往下一抄，撩起半具屍體跟一顆頭。

兩把磁刀毫無窒礙地削破屍體與頭顱，血水紛飛。

此時及時蹲下的烏霆殲，已經抄起遺落在地上，其他黑衣屍體的磁刀。

剛剛才削過障礙物的磁刀，迴轉速度已經不如剛剛噴出時的飛速。

死神第四次的磁刀攻擊，即將駕到。

「再看不清楚，我也不用追你了。」

烏霆殲站起，冷冷看著在半空中逼近的嗚咽攻擊，左手揚起磁刀。

唰——

火花四濺，兩柄磁刀愕然落地。

磁刀在地上呆呆繞著繞著，還未停下，烏霆殲早已衝向黑衣人。

「!」黑衣人不敢相信。

「龍、火、呑、襲!」烏霆殲一橫手，一道狂猛的火牆衝向黑衣人。

即使黑衣人是受過組織嚴酷訓練的格鬥高手，一旦沒有磁刀，也難以招架這種可怕的攻擊。一眨眼也不到，亟欲奔逃的黑衣人全身陷入火牆。

勝負已分。

「附在人身，你是可以跟我戰鬥。」烏霆殲哈哈大笑：「但區區人類怎麼跟我打!不燒死你，也揍死你!」

烏霆殲可不畏火，大步走進熊熊烈焰中。

「喂!」烏霆殲掄起拳頭，就往燒成火球的黑衣人身上開揍。

黑衣人踉蹌摔倒，烏霆殲往下又是一拳，揍得黑衣人臉上的血肉瞬間炭化，火屑星散。然後又是一拳，一拳。

只見黑衣人完全燒成一塊焦炭，敗得很徹底。

「你不怕火，嘻嘻，我他媽的也不怕。」「死亡連鎖」在幾乎燒焦了的黑衣人體內，撐開他的喉嚨說道：「你想要獵捕我，還得看看你有沒有這種本事!」

語畢，黑衣人整個炭化脆裂。焚風一吹，便在烏霆殲的腳底下灰飛煙滅。

宿主死得不能再死，「死亡連鎖」當然只有脫竅而出的份。

牠以極快的速度逃走，在大禮堂中瘋狂竄逃，躲避烏霆殲的視線。

「……」烏霆殲屏息以待。

# 第178話

擁有五百年以上生命的命格，基本上都已經具有「妖怪」的質素。能量驚人，並具有明確的形體，能操語言，獸行速度飛快。重點是，這些命格存在人世間已久，不只明白自己的生存之道，更具備思考能力。

簡單說，很棘手。

要獵捕這種超級命格，獵命師幾乎都會採取通力合作的方式。其中至少需要有一個獵命師在體內嵌進「機率格」的命格，以提高大家圍捕成功的機率；若其中一名獵命師能使用能量同樣強大的稀有命格，去震懾到處逃竄的命格，成功機會也能攀高。更實際的是，最好要有四、五個獵命師同時「出手」捕捉，才能眞正擒住這樣移動迅速的命格。

論起「死亡連鎖」，牠居然能夠在極短的時間內，就掌控宿主的意識，更是乖乖不得了，由此可見牠的精神能力之旺盛。

烏霆殲根據離奇的新聞報導，暗中追逐了「死亡連鎖」六個月，都沒能逮到「死亡連鎖」的「空隙」。「死亡連鎖」越來越強大，對其另有目的的烏霆殲一方面對牠的力量更抱期待，另一方面卻也是更加擔心。

捉不到的東西，就無所謂強不強大。

如果弟弟在身邊……

「死亡連鎖，你進入過那些黑衣人的腦袋，告訴我，這些人究竟是何方神聖，怎麼會發展出獵命的技術？」烏霆殲踩著地上的鏡子。

一踏，碎掉。

之前，那些神祕的黑衣人用血咒紅霧佈滿了大禮堂，爲捕捉「死亡連鎖」設下一個近乎完美的牢籠。但經過火焰與自然的風散，那些紅霧正在高溫中消褪。

烏霆殲暗暗估計，自己大約只有一分鐘不到的時間。

錯過了這次機會，下一次想要再逮到能量更強的「死亡連鎖」，幾乎是不可能。

而且，自己只有一個人。

「嘻嘻，告訴你也無妨，他們來自一個叫做Z組織的跨國集團，背後的祕密可大著呢。剛剛你在上面看到的血咒紅霧跟鏡照，不過是他們伎倆的冰山一角罷啦！」「死亡連鎖」說歸說，但沒有停止奔跑，更沒有因此鬆懈。

「眞討人厭……那些紅霧還眞是了不起，比起長老護法團的『天擒地拿結界咒』一點也不遜色，聞起來……很像是那些獵命師的血味。」烏霆殲扭動頸子，竟聊起天來。

「根本就是吧，臭都臭死啦。」「死亡連鎖」脫口而出。

「難怪我也不喜歡。」烏霆殲緩步踏著，眼神追蹤著「死亡連鎖」，說：「不過，他們要獵命做什麼？別告訴我，他們只是除暴安良的日行一善組織。」

「嘻嘻，嘻嘻，我那個宿主腦子裡沒裝那些，看樣子只是個執行者罷了。」「死亡連鎖」窺伺著漸漸淡去的紅霧。

缺口即將出現。

「看樣子，你好像快逃出去了。」烏霆殲嘆氣：「我被我弟弟傳染了，戰鬥的時候老是分神說一些無意義的話，甚至還跟你聊了起來。再聊幾分鐘的話，說不定就交起朋友來。」

「我會想念你的，嘻嘻，老實說我還眞有些怕你呢。」「死亡連鎖」獰笑：「下次要抓我，最好別忘了帶你的臭貓。」

紅霧幾乎要褪去，「死亡連鎖」幾乎就要完全自由了。

「不用想念了。」烏霆殲停下腳步。

「?」

「我馬上就逮著你！」

趁著紅霧缺口還未眞正打開，烏霆殲用十成功力衝出，勢若狂龍。

「追得上再說吧……」「死亡連鎖」閃電奔走，並不讓烏霆殲接近。

突然，烏霆殲的身上爆發出一股極爲強烈的殺氣，直襲「死亡連鎖」而來。「死亡連鎖」一愣，整個妖身都被巨浪般的殺氣給拖捲住。

就在一人一妖最接近的瞬間，烏霆殲毫不猶豫，左手往自己身上一斬，只見胸前裂開一條大縫，瀑布般的鮮血潑灑而出。

獵命師的鮮血，就是最強最濃的速成血咒！

「痛死我啦！」「死亡連鎖」慘叫，全身都被一條條血咒貫穿，完全動彈不得。

一抬頭，「死亡連鎖」看見了連妖怪都震驚不已的畫面。

烏霆殲的下顎鬆脫，肌肉賁然擴張，嘴巴狂暴地打開。

就像是，蟒蛇的龐然大口。

喀擦！

烏霆殲一口將「死亡連鎖」的能量身軀啃了大半，然後像蛇吞象般，繼續將「死亡連鎖」整個往肚子裡塞，模樣驚悚至極，比起眞正的妖怪也不遑多讓。

「你想捉我，就得付出被我控制意識的代價！」「死亡連鎖」痛苦咆哮：「等著瞧吧！等一下你就不是你自己了！」卻被面目猙獰的烏霆殲拍拍，繼續往肚子裡塞。

頃刻間，「死亡連鎖」的九成身軀，都已被吃進烏霆殲修煉過的肚子裡。

「剛剛你壓制住我的……是什麼命格……我怎麼看不到……」「死亡連鎖」氣若遊絲的聲音，從烏霆殲的肚子裡隱隱傳出。

「命格個屁。」烏霆殲搖晃腦袋，下顎精準地甩回原來的位置，說：「那是我的個人氣質。」

烏霆殲冷笑，咀嚼著支離破碎的「死亡連鎖」，說道：「還有，別把我跟那些會被你控制意識的角色混爲一談了。你想要篡奪我的精神，就在我的肚子裡打仗吧！」

打了個氣味難聞的嗝，四周的血霧也退散了。

因凶案與火災趕到現場的警車與消防車，也在此時圍住了大禮堂，噴起大大的水柱，圍觀的人亦多了起來。是時候離開了。

直接用手指沾了沾擴染在胸前的鮮血，烏霆殲在肚子上畫了三道血咒，重重困鎖住窮凶極惡的「死亡連鎖」。但肚子仍然感到灼熱異常。

走到焦黑一半的台上，烏霆殲將不再具有詛咒能力的樂譜直接燒掉，不讓邪惡的傳說有繼續穿鑿附會下去的可能。

看著滿地不知名的獵命者死屍，烏霆殲忍不住嘀咕……不知道有多少命格已遭到這個神祕集團的獵捕，背後隱藏的目的又是什麼？烏霆殲直覺這個世界的板塊，將會因爲黑衣獵命者的上層主子，產生劇烈的震動。

想著想著，失血過多的烏霆殲竟恍神了一下，隨即勉力鎮定。

從現在起，一直到他將「死亡連鎖」煉毀消化爲止，都是他們可怕的「內鬥」。

輸家，將永遠喪失自己的意識。

「死亡連鎖，有個地方你絕對不想去。」烏霆殲拍拍肚子。

# 第179話

韓國東海。

風和日麗，海平面金光鱗鱗，鹹鹹的風捎來海鳥的叫聲，更添悠閒的氣氛。

一艘私雇遊艇停在海中央，卻不是在欣賞大海的景致。

船上攤開的海圖旁，烏霆殲正穿好深潛設備。因爲他等一下要尋找的地方，遠遠超過他強大的肺活量所能及。

駕船來到東海的海路上，烏霆殲的身體，已不只一次瀕臨意識崩毀的邊緣。

烏霆殲很明白，以他現在的功力，尚不及修煉八百年的「死亡連鎖」，若是將「死亡連鎖」強行消化，必然會導致自己元神失守。但若放過「死亡連鎖」，卻也不必。

有個巧妙的將就之計，是烏家歷代傳人都會的招數。

爲了尋找這代代相傳的地點，烏霆殲已經錯潛了三次，但也越來越接近烏家的傳統私藏。今日這一泅潛，希望很大。

「你他媽的有個新窩。」烏霆殲拍拍滾燙的肚子。

調整好呼吸筒裡氧氣的比例，烏霆殲慢慢潛進海底，越潛越深。

深海潛水是項嚴酷的修煉，即使是武功最高的強人也難以抵擋大自然千鈞壓頂的壓力。熬過了一片完全沒有光的世界，烏霆殲快要負荷不了的身體，終於來到了擁有許多發光小生物的極深海。

極深海的底層，是海底冰流的千里凍行，充滿了寂靜的「沉默巨響」。

那是個鯨魚沉睡、巨大章魚忘卻爬梭的渾沌世界。

溫度在這裡，是個很抽象的名辭。

「……」烏霆殲竭力保持清醒，並用火炎咒維持身體的暖和。

他在找什麼？究竟什麼是烏家私藏的寶庫？

這個世界上，有一種尚未被人類科學家發現的巨大生物，經年累月深潛在東海的最底層，被厚達二十公尺的冰流所覆蓋，平日以各式各樣的浮游生物維生。

一旦此種生物登上台面，所謂「世界上最大的動物，藍鯨」，就得退位了。

烏霆殲頭昏眼花中，勉強擠身進入冰流，在巨大碎冰中繼續下潛。

此時他開始佩服歷代先人，竟然能在這種鬼地方找到「那種生物」，先不論功力之高，光是「不靠氧氣筒」沉下來，就是個可怕的技術。

終於，烏霆殲感應到許多細微的氣息，從腳底下的深色海草與岩石中發出。

「嘖嘖，眞不愧是全世界最懶惰的大怪物，睡到甲殼上都長出了海草叢林，變成了移動的海底。總算不虛此行。」烏霆殲打量著那些小山一般岩石，其實都是牠們的「殼」。

不知數量的極海大冰龜[3]，正在底下癡癡冬眠著。

終其龐大的一生，共約花了一半的時間在長眠，每個週期一睡，就是十年。越睡越巨大，越巨大就越需要睡眠。越睡，週期就越拉越長，沒有盡頭似地。

沒有比極海大冰龜，更適合拿來封印狂暴的命格了。

烏霆殲感覺到，幾隻極海大冰龜的體內，依稀還存有歷代祖先留下來的命格能量。那些曾經無法駕馭、爲禍人間的恐怖命格，在即將成妖之前被烏家先人所獵捕沉海。

如今幾百年過去了，幾乎所有的命格都熬不住對人性能量的飢餓，不僅停滯了成長，還產生了冬眠般的蛹化以自保[4]。但也有很多命格連蛹化狀態都給萎縮了，完全熄

滅了生命之火。

非常諷刺。

命格命格……竟控制不了自己的命運。

找了隻顢頇巨大的極海大冰龜，烏霆殲將禁錮命格的血咒解除，再施展「嫁命咒」把傻眼了的「死亡連鎖」送進睡覺睡不停的極海大冰龜體內。

這隻中獎了的大冰龜，甚至連哆嗦一下都沒有，睡得極沉。有大將之風。

「等到我有能力將你拆開吃掉，好好消化，我再來將你取走。」烏霆殲露出凍壞了的笑容，跟發抖求饒的「死亡連鎖」道別。

少了老是想篡奪元神的「死亡連鎖」，身子輕鬆多了。烏霆殲運起更強的火炎咒，觀察周遭睡眠中的極海大冰龜，慢條斯理尋找可以吃食的命格能量。

氧氣筒裡的存氧越來越稀薄了。好不容易，烏霆殲發現了極似「邪惡的劇本」的命格，正傻乎乎地躺在一頭老冰龜體內，動彈不得。

不知道是哪一個祖先存下的，當初在將命格鎖進這頭大冰龜時，這個命格肯定是「惡魔的呢喃」等級的大妖怪，如今歷經漫長的飢餓，只剩下三百多年的修行。退化得厲害。

「這東西，好吃。」

烏霆殲一探手，按在極海大冰龜身上，費了好大一股勁才將「邪惡的劇本」給慢慢吸進自己的體內，打算等浮出水面再慢慢消化。

任務完成，又有新的收穫。

烏霆殲慢慢游向上方，穿過凍死鯨魚也不奇怪的冰流，再度來到無盡黑暗的世界。過了這片壓力沉重的黑暗，就更靠近光明四射的海層。

距離東京，也更近了。

不知道自己是否終究能夠成功，但，只要朝著對的方向繼續前進，無論如何就會越靠近壯烈的夢想。這個簡單的道理絕對不會錯。

衝出海面一樣，殺進東京亦然。

烏霆殲想起了他的弟弟。

弟弟比他自己想像的還要堅強，但這一點只有當他獨自一個人的時候才會明白。烏霆殲丟下了弟弟，卻留下了豪壯無比的夢想。

那是對的方向。

浮出水面後，有很多的事情要做……吃掉更多的厄命，修煉出更強的煉命能力，調查不知爲何展開獵命的Z組織，找到通往地下皇城最深處的秘道。

此刻的弟弟，一定也在某處拚命的戰鬥吧。

「爸爸一定是想看到，我們兄弟聯手站在徐福面前的模樣。」

烏霆殲微笑，抬起頭。

看見，久違的光明了。

❸極海大冰龜，體長約四十公尺至六十公尺（最大的藍鯨是三十四點六公尺），體重達八十五噸以上。光舌頭就有三噸重，心臟重一噸，胃長五公尺，腸子更有三百公尺。極海大冰龜龐大的身軀有助於維持體溫，卻也極耗能量，是以睡眠便成了減低能量耗損的重要機制，而睡眠時大冰龜的嘴縫仍舊可自動進食大量的浮游生物。生殖方式屬卵生，雛龜身長十公尺，唯生育率極低。目前估計全世界約有一百四十二頭極海大冰龜，其中只有不到二十頭在冰流裡緩步遷徙，其餘皆在沉睡中繼續變大。壽命不明，但估計至少在五百年以上，文獻上並沒有天敵的記載。

❹命格蛹化後，只是減緩能量的流失，被宿主極海大冰龜給吸收，延長了大冰龜的壽命。故沒有天敵的極海大冰龜壽命越來越長，也是件無可奈何的事。

## G大的夢想

命格：情緒格

存活：一千年

徵兆：宿主對夢想的執著達到浪漫的病態程度，並製造出許多關於夢想的箴言鼓勵自己，強化信心。例如「説出來會被嘲笑的夢想，才有實踐的價值，即使跌倒了，姿勢也會非常豪邁」、「人生最重要的，不是完成了什麼，而是如何完成它」……

特質：宿主對夢想的熱情會感染許多旁觀者，使得很多人開始摸索自己的夢想，成為集體的熱血力量。副作用是長出又捲又亂的頭髮，並常常露出旁人無法理解的怪笑。

進化：夢想實現。

# 〈杜克博士的關鍵報告〉之章

# 第180話

美國，亞歷桑納州沙漠區。

在這片黃色大海般的無窮沙漠上，太陽是一種至高無上的存在，每一粒沙子都反射著它的耀眼，與灼熱。

在上帝惡意的放大鏡聚焦下，這份致命的灼熱綿延百里，到了夜晚溫差劇變，足以凍死妄自穿越沙漠的生命，杳無人煙。

燥悶的狂風呼嘯來去，用最原始的魔法搬運著上千噸的黃沙，致使地貌每天都在改變，幾乎連高懸夜空的北極星都會迷惑住似的。

然而在這塊被上帝刻意荒廢的不毛地，卻有一個被地圖無限期遺忘的軍事要塞。

這個軍事要塞位於沙漠高處，外表僅僅是一個平凡光滑的蛋狀建築，有時風沙野大，還會將整個建築吞沒入沉鬱的黃色地底，形成最佳的天然掩護。

如果風沙全部褪去，整個蛋形建築便如潛艇浮出海面，露出巨大的、白色的、足以通過最大型軍事貨櫃車的八爪通道骨幹。

從上空俯瞰，此怪異的建築物就像一隻白色的巨大蜘蛛，埋伏在沙漠裡等待獵物上鉤。八爪通道牢牢抓住地表，深深地往下插陷，牢不可拔似的氣勢。

蜘蛛形建築物擁有一個引借自希臘符號的名字：「席格瑪」，象徵力量無限的集合。此處，也是人類勢力的重要根據地——科學力的根基。

「嗶。」

通過了瞳孔暨聲紋辨識系統，一個老人來到了血液DNA檢測儀前，將手掌放在一個金屬圓盤上。

眉毛微皺，老者的掌心一陣細微的刺痛後，一滴血珠被吸入眞空微管，迅速被生化電腦分析出幾項簡單的DNA特徵。

「您的身分已確認。杜克博士，午安。」電腦語音。

防護重重的門終於打開，這名叫杜克博士的老人走進一座被無數電腦數據環繞的實驗城，接受眾研究者最尊敬的注目禮。

「杜克博士，今天您起床可晚了，大家都已等不及告訴你最新的結果了。您看，這些數據顯示基因TF1048i新藥的微量點，明顯接近效果曲線了。」一位研究者起身，興奮地向杜克博士展示他的研究成果。

「沒錯，依照第五號超級電腦推算多日的結果，使用基因G25h藥劑當作破壞基因鏈的先引，將會誘導基因自我修復的機制，此機制將產生一個T形缺口，這時若再配合基因TF1048i新藥……」另一個研究者也興致勃勃地說：「細胞在轉錄基因的新序列爲新的RNA時，非常有可能產生出正面的RNA異變。」

「誤差值呢？」杜克博士點頭。

「誤差值尚在可接受的範圍裡，估計至少有99%以上的細胞因基因異變產生了極強的共趨性，此共趨性的強度比起上個月已經進步了二十五個百分點。」研究者笑得露出白牙齒。

大家你一言我一語，一個論證接一個假設的，個個都迫不及待與杜克博士分享這幾天來的重大突破，彷彿這位頭髮花白的老者能夠用他的智慧決斷這些研究的成功契機。

杜克博士值得這樣的尊重。

不僅僅是因爲這座位於「席格瑪」中心的地底實驗城，其設計與運作皆是出自杜克博士之手，更因爲杜克博士與其研究團隊在二十年前發表的劃世紀報告，一舉揭開了吸血鬼與人類之間極其驚人的「眞正關係」。

## 第181話

地球上，在上千萬物種演化的漫長歲月裡，有許許多多無法舉證的空白期，充滿了謎樣的色彩。最著名的演化空白期有兩個：

其一，古生物學家在研究恐龍之前的遠古生物史期間有一段很長的空白期。古生物學家一般估計當時的地球表面上的生物種類很少，海洋卻充滿生機。而在海洋中佔絕大部分的魚類卻逐步適應地面上的環境，漸漸地演化出可以在地面上生存的本能，例如呼吸、行走等。不過這個假設一直未取得任何化石證據支持。

是哪種生物第一次脫離了史前沼澤，實現陸地生存，從而邁出了地球生物從稱霸海洋到征服陸地的第一步？這個問題長期困擾著古生物學家們。在業已發現的化石中，有長達三千萬年的生物進化空白一直無法填補，這一空白被稱爲柔默空缺（Romer's Gap）❺。

其二，地球上最早出現古人類是在至少五百萬年前，之後演化成能人、直立人、早期智人等階段，大約十萬年前進化成晚期智人。現在地球上生活的人類屬於晚期智人，或稱爲解剖學上的現代人。中新世晚期至上新世初期（距今一千五百至一千萬年）這段時間裡，出現了臘瑪古猿，這是大多數古生物學家認可的「人猿分野」的古猿化石，強調此生物乃人類最早的祖先。

但人類學家在二十世紀七〇年代以後，利用分子生物學❻研究人猿分野（DNA差別）的時間，當時的生物鐘應是五百萬年前，臘瑪古猿所處的年代似乎過於早了，所以臘瑪古猿並非人類的祖先。

更大的問題是，從目前已發現與人類演化有關的化石材料來看，距今八百至四百萬年前是「人類的演化空白期」，欠缺極多有力的、直接的證據，所以有關人類的化石親屬的論證闕如，一切就變得撲朔迷離了。要說人類是憑空從地球上冒出來的，也不算誇張。也因此，許多科幻小說家便藉此提出「人類乃是外星移民」的物種外來論。

而針對上列第二個神祕的演化空白期，鬼才杜克博士在二十年前於國際科學期刊上提出的怪異假設，爲他帶來無限期的巨大研究資源，也將杜克博士從光明燦爛的哈佛大學終生教職，拉進黑暗的美國秘警研究部。

——「人類的起源，來自於地底的古老生命」。

接受了美國秘警署的職位後，原本只是單純從人類DNA與身體結構中產生奇想推論的杜克博士，突然在實驗桌上看見一具具吸血鬼的屍體，與強化玻璃後活蹦亂跳的後天感染吸血鬼。

以及更重要的，一塊古老煤岩層中，深深嵌著的一個黑色奇形獸猿化石。

「天啊，這世界上竟眞有這種生物的存在！」杜克博士驚喜不已。

往後的二十年，在Z組織與美國秘警署龐大資金的共同挹注下，全球邏輯運算速度排行前十的超級電腦中，杜克博士的研究團隊就擁有了五台，其中還包括運算速度首屈一指的藍基因（Blue Gene）第二代超級電腦。除此之外，杜克博士手下的二十六名研究者，個個都是綜合分子生物、基礎化學、基因醫療、乃至考古學的一時之選，眾志成城想要解破人類起源的最大謎團。

靠著衝破極限的逆向運算、無數的解剖與精密的交叉論證，十五年前，杜克博士解開了人類與吸血鬼DNA之間的暗號。

演化的空白期被完美塡補，其眞相震驚了美國秘警與高層。

❺人們一直在尋找生存在這關鍵三千萬年間的過渡物種，它是所有現代陸地生物的共同祖先。直到九〇年代，美國科學家發現一塊有三億六千五百萬年歷史的遠古魚類的肱骨化石，揭示了遠古魚類演化出臂部，在岸上行走的可能證據。

❻科學家是通過化石來研究人類的起源和演化的。現在，有了分子生物學方法，除了形態學的證據外，科學家可通過研究化石上遺留下的DNA獲得更多證據。DNA次序的變化隨著時間的流逝以一定的速率累積著，通過測定這些遠古生物的DNA次序，我們可獲得遺傳及演化的證據。大多數分子人類學家（molecular anthropologists）使用在細胞內線粒體（一種可以產生能量的細胞器）內發現的DNA次序來重建人類演化的「演化樹」。

# 第182話

大約在三十萬年前，地球發生了第三次的冰河期：里斯冰河期❼（Riss Ice Age）。大地冰凍萬里之時，某種猿類爲了躲避災難性的冰凍，捨棄了地面上的零度世界，深入溫暖的地底。

一萬年過去了，習慣在黑暗的岩縫與隧道中求生的猿人，已經在地底開拓出自己的世界，並演化成第一代的闇之族。第一代闇之族矯捷的身手在地穴中縱躍自如，加上足以穿透黑暗的超強視力，成了地底世界中的絕對王者。

然而，冰封的大地漸漸褪去了殘酷的寒霜，部份第一代闇之族意外走出地底世界求生。但在久違了的陽光煦煦照射下，第一代闇之族的雙眼幾乎完全無法適應光線，許多族類相繼驚嚇死亡，或遭到其他強壯的野獸獵食。

最後，大多數第一代闇之族無奈地選擇重回地底，只有極少數的第一代闇之族堅強地留在地面，在夜間活動獵食，白天躲在淺穴中睡覺，並開始大量繁衍。

十萬年後，第四次冰河期：沃姆冰河期[8]（Wurm Ice Age）又過去了，留在地面上的第一代闇之族也歷經了漫長的演化。他們學會了站立，與使用粗糙的石器工具，並擁有了初始的「智慧」，雖然開始使用「工具」的智慧讓這些族類慢慢喪失了原本超強的體魄。

但更重要的是，他們終於適應了陽光，擁有偉大的名字：「人類」。

人類誕生之時，當初畏縮繼續潛伏在地底的第一代闇之族，同樣產生了更令人驚異的演化。十萬年間，第二代闇之族在陰冷的地底下維持冷血的體溫，與更敏銳的感官知覺。此外，新闇之族也擁有了微薄的智慧，並在體魄上有數十倍的高超表現，雖然仍舊是四肢著地，卻是更快、更銳利、更殘暴，儼然是地底下食物鏈的頂層掠食者。

如果說人類是光明智慧的結晶，闇之族必定是黑暗巧思的完美設計。

但第二代闇之族的強悍造成了沒有節制的掠奪，與可怕的繁殖，其結果終於反噬了自身的存在。失去競爭力的獵物劇減，大量的第二代闇之族只好彼此殘殺吃食，逼使第二代闇之族再度摸索爬出地面的老路。

可悲的是，無比強壯的第二代闇之族，由於沉浸在黑暗的愉悅裡太久，終於壓垮了他們面對陽光的最後一絲可能。在烈日底下，牠們所有細胞都會溶解，悲慘地神形俱滅。

但這次，第二代闇之族堅決不肯回到失去生機的地底，竭力困守在日落後的黑暗世界。羨艷人類的牠們，從古老的神話傳說中隱約感覺到人類就是當初破出地底的同伴，儘管這些脆弱的同伴今日是雙足行走，自己卻還是野獸般的四足狂竄，但生命的「共鳴性」讓牠們逐漸相信彼此的連帶，既然曾經擁有，就能重新建立！

於是生物「掠奪更好基因」的慾望本能，讓第二代闇之族展開吃食人類的舉動。總有一天，這些吃進肚子裡的人類基因，將可以幫助後代的闇之族，演化成不懼陽光的更完美物種。

而生命的精華：「血液」，則是掠奪人類基因的重大關鍵。

在人類的驚恐反擊、陽光的集體毀滅下，幾萬年後，第二代闇之族消失了。

取而代之的，是藉著基因演化改良、更加適應環境的第三代闇之族，也就是俗稱的吸血鬼，或吸血鬼自稱的「血族」。

吸血鬼終於擁有人類的外型與智慧，更維持了當初可怕的黑暗視覺與驚異的體能，而長期的憂患衝擊，使得吸血鬼的體質對於疾病的抵抗力更是無與倫比的強悍。黑暗的物種設計凌駕在光明的結晶之上。

但幾萬年來對人類基因的掠奪慣性，卻也對吸血鬼自身的細胞運轉產生了致命的「制約」：如果某週期內沒有進食人類的血液，吸血鬼將無法倚賴其餘的養分維生，必定會器官多重衰竭而死亡。

演化的不歸路。就如同獅子的胃再也沒有能力分解植物纖維的悲，也如同牛的胃再也不可能分泌出分解動物蛋白的酵素之苦。

萬年前的選擇，變成今日的不得不。

這個制約猶如一道抹不開的界限，註定了人類與吸血鬼之間的永久關係：「獵者／被獵者」。而這樣的關係，更宿命地揭開無限期戰爭的序幕。

如果不是因爲杜克博士的研究根本不能攤在世人前，諾貝爾獎早就該交到杜克博士的手裡。

美國秘警署稱此重大研究爲「杜克博士的關鍵報告」。

❼中國的廬山冰期。

❽中國的大理冰期。

## 叫我偉人

命格：情緒格

存活：一百八十年

徵兆：老是覺得自己將會是改變世界的重要人物，這種錯覺自小時候就會開始出現在作文簿上，並深信不疑。宿主學生時期常卯足全力擔任班代、社團社長、學生會議長，對政治有興趣，認為自己的思想比每一份報紙的社論都要精闢，覺得自己有朝一日定能成為一代偉人。

特質：自戀，自我要求高，高度認同歷史上各式各樣擴張版圖的暴君。發誓要打敗「男塾塾長江田島平八」取而代之。把夢想掛在嘴邊炫耀。

進化：若是認真實踐，將有機會進化為「G大的夢想」。

# 第183話

在聽完大家的報告後，杜克博士走進自己專屬的研究室。

研究室中間，擺放著當初那一具揭開謎團的關鍵黑獸猿化石。

在「席格瑪」考古團於同一個岩層地點陸續挖掘出數十具黑獸化石後，杜克博士便將這一具意義重大的第一號黑獸猿化石放在自己偌大的研究室中，當作是永遠祕密的收藏。

歷經上百次光譜分析、核磁共振、DNA還原工程等科技騷擾，此時漸漸風化脆裂的黑獸猿化石已功成身退，在真空玻璃櫃中安安靜靜地嘶吼著，象徵著光明與黑暗的永恆連結。

起先，杜克博士只是聊表紀念之意。

但解開謎團後，二十年過去了。

這些年間，杜克博士的研究團隊著手許多對抗吸血鬼的基礎研究，並創造了第一代的「類銀」，將初始的成果轉發給其他的祕警研究室接力。其餘對吸血鬼的基因研究不勝枚舉，甚至開始透過人工培養的手段，嘗試複製吸血鬼的牙管毒素。

漸漸地，這隻面貌猙獰的黑獸猿化石的吼聲，彷彿穿透了三十萬年的空白歷史。那聲嘶力竭的姿態充滿痛苦的魄力，深深打動了杜克博士。

沖了一杯熱咖啡，杜克博士坐在黑獸猿化石前沉思，像以往一樣。

黑獸猿默然無語，因爲牠的狂亂姿態已經道盡一切。

「三十萬年前，你的心裡是不是單純地渴望……」

咖啡的熱氣模糊了杜克博士的眼鏡。

杜克博士凝視著黑獸猿細長的凶眼，自言自語：「渴望爬梭過重重的無限黑暗，不計一切代價要回到地面。即使被陽光穿透也無妨，即使被可怕的野獸獵殺也在所不惜。」

是啊。

幸運的同伴爬上了地面，勇敢地學會直視陽光的本事。

而你，卻無奈地困死在突如其來的地震擠壓，永遠也無法證明，自己是屬於勇敢挑戰陽光的一群，抑或是怯懦縮回地底的那一方。

「敬你。」杜克博士輕輕嘆息，微飲了一口熱咖啡。

原本杜克博士是一個「純種」的科學家。價值判斷並不是他的主要職責，他只追求眞相……眞相在DNA的組序與各式證據中不假辭色地清晰呈現，至於眞相該如何被政治性地解讀，就不是杜克博士的職責了。

命運似地，在這份長達二十年的凝視後，杜克博士有了心境上的重大改變。

最好的科學家，最接近所謂的眞相，也不可避免越接近最巨大的未知。頂尖的科學家必定不再純種，或會變成哲學家、或神啓者、或懷疑論者、或垂拜神祕主義。

愛因斯坦是，杜克博士亦然。

某種可稱爲使命感的神祕物質在杜克博士的腦中分泌著，成了他持續研究的動力。因爲他彷彿看見了生命中更深沉的東西，是科學無法完竟的嘆息。

該怎麼說呢？二十年前完成了解構歷史空白的浩大工程，花白了杜克博士的頭髮。但始終有一點，卻是杜克博士無論如何也無法理解的謎團。

吸血鬼的牙管毒素，在咬噬人類的時候會注入化學構造式極爲複雜的T型病毒，T型病毒將會「污染」人類的基因，在十六小時至七十二小時中便會將人類感染成吸血鬼。

爲什麼呢？有這個必要嗎？

生物學重視「生物的任何部份，都有其功能上的原因」。毒蛇用毒液攻擊獵物，是爲了奪走獵物的反抗能力。章魚急速噴出墨汁，是爲了迷惑追獵者的視線。臭鼬噴出中人欲嘔的臭屁，是嚇走敵人的生化兵器。

但吸血鬼爲什麼要感染人類呢？除了增加自己的物種數量，幾乎沒有別的原因。但這樣的「功能」原因跟吸血的制約原因是彼此矛盾的。

吸血鬼吸食人血，是爲了要改善物種的演化方向，但感染人類，卻無助於下一世代吸血鬼的體質。同樣的矛盾底下，吸血鬼要改善基因必須往下採生殖性繁衍，基因才有累積突破力的可能。但吸血鬼的交配生殖能力，卻是致命性的奇低無比。

……除了詛咒，幾乎找不到別的解釋。

這份將人類從光明墜往黑暗的恐怖詛咒，是想爭取人類的同情，還是潛在的基因想告訴人類歷史的答案？

Z組織的考古團隊，十三年前在耶路撒冷的巨大洞穴中找到數千年前吸血鬼毀棄的國度。刻在斑駁石柱上的古老嚮往，揭示了可能的答案。

反覆推敲楔形文字後，Z組織考古學家莫桑女士幽幽說道……

「吸血鬼之所以要不斷地感染人類，就是爲了在某一天咬到一個特異個體。這個特異個體將是闇之族的救世主，他將爲闇之族帶來行走於陽光下的自由。他是解放者，他是獨一無二的權力者。」莫桑女士兩手一攤，告訴杜克博士：「這個答案恐怕連吸血鬼的國度都已遺忘。」

多麼有魅力的答案！

不管這答案有多接近眞實，至少已經告訴杜克博士，這些吸血鬼依舊像十萬年前的先祖，渴望著光明的解放。

「再等等吧，幸運的話或許再過一、兩年，我們的研究就會揭開牙管毒素之謎，找出幫助你們快速突變成新世代的藥劑。」杜克博士看著玻璃櫃內，黑獸猿三十萬年不變的姿態，微笑說：「如果上面的人找著了始祖級的吸血鬼身上的牙管毒素，那麼只要幾個月……不，甚至只要幾個禮拜，基因藥劑就可以完成。」

或許，吸血鬼基因裡殷殷期盼的解放，並非茫茫人海中的救世主，而是不斷努力解開基因奧祕的杜克博士吧？

# 第184話

日落時分，黃沙滾滾。

兩輛軍事卡車、一輛裝甲貨櫃車仰賴著軍用GPS衛星導航，穿越一望無際的致命沙漠，緩緩駛向席格瑪實驗城。

旁邊兩輛軍事卡車全副武裝，配備有地對空的針刺飛彈，與兩組快速反應的戰略小隊。中間的Z組織母車發出抵達訊號，席格瑪實驗城則予以確認回應。

此時狂風已將席格瑪實驗城上面的積沙吹落大半，露出八腳通道的白色上端。通道升起打開，發出嗡嗡的機械轉動聲。

兩名手持衝鋒槍、頭戴護目鏡的守衛站在火紅夕陽下，看著三輛軍車進入席格瑪。

「據說裡面裝了了不起的怪東西呢。」守衛看著巨大的軍事貨櫃車尾巴。

「上面的想法，我們還是別管那麼多。」另一個守衛打了個呵欠。

這是Z組織約定要將「第三種人類」的「樣本人」送抵席格瑪實驗城的一刻，時間在國會議長離奇喪命後的第四天。

由於親Z組織的議長死因是遭到暗殺，事關重大，所以這次的運送格外地小心謹慎，在裝甲貨櫃車兩旁戒備的軍事卡車顯然是美國祕警署加派的兵力，防止突發的「意外」。

天色漸漸暗沉，席格瑪的通道閘門關起。

通道內安全機制的規格之高，可以比擬五角大廈的最機密處。紅外線監視器、霧銀噴射口、厚達三公尺的鋼牆，所有一切皆預期著入侵者的可能。

按照慣例，四名荷槍實彈的祕警守衛在安全距離外，指揮著貨櫃車熄火。

特殊儀器開始掃描貨櫃。

「下車，出示證明。」祕警說道，槍上膛。

只見車門緩緩打開，駕駛輕輕躍下。

駕駛穿著黑色勁裝，一身無法辨識用途的奇異裝備。

「已啓動命格，刑囟災星，激化能量達一小時。命格實戰觀測，開始。」駕駛慢條斯理戴上面罩鏡，冷冷看著牆上的監視器。

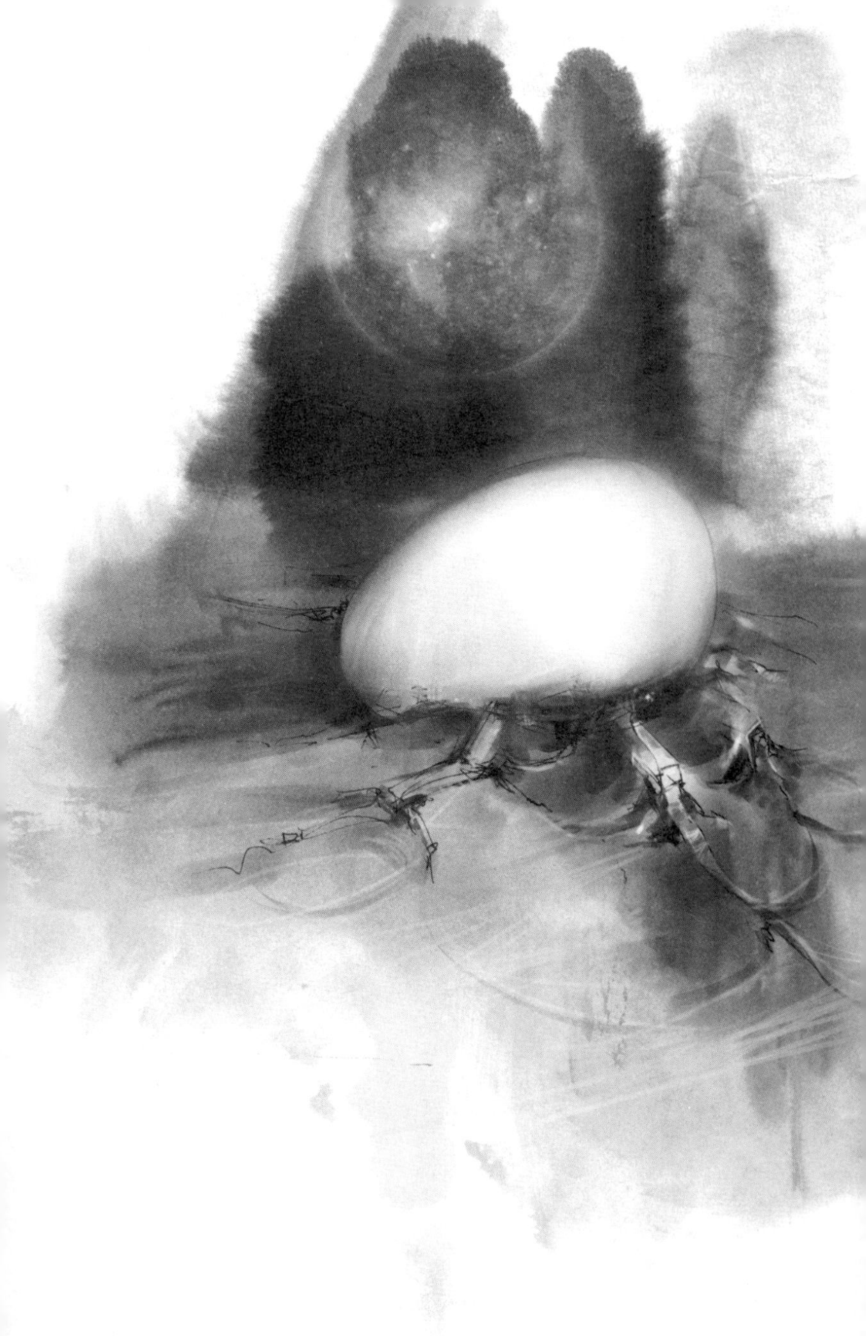

一握拳，通道裡不安的氣氛驟然拔昇。

「……你在做什麼？把手舉高！」持槍的祕警守衛神經緊繃了起來。

「好啊。」駕駛把手舉高時，那致命的弧度中突然噴出兩道銀色快光。

銀色快光簡潔俐落地劃過空中，在一個呼吸間又回到駕駛手臂上的特殊磁盤，無聲緊緊貼附。而駕駛的手適才輕輕揮舞，像是用磁力指揮著磁盤飛掠的軌道。

那是催命的死亡旋律。

「唔……」四顆兀自瞪大眼睛的死人頭，緩緩自不牢靠的頸子上摔落。從頸子斷口處噴湧而出的吱吱聲，在地上塗開四道蒼勁的紅色草書。

「行動吧。」駕駛冷笑。

手中金屬圓刃再度噴出，在空中疾盤一圈，削壞了所有的監視器。

另外兩台軍事卡車的「駕駛」也蠻不在乎跳下車，看那穿著根本就不是祕警樣式。這兩人也是一身的黑色勁裝，全身散發出一股讓人無法親近的霸氣。

不速之客……不知效忠何方的襲擊者。

「已啓動命格，斬鐵，激化能量達一小時，命格實戰觀測，開始。」

「已啓動命格，鬼眼，激化能量達一小時，命格實戰觀測，開始。」

此時有更多名襲擊者從貨櫃車、軍事卡車中躍出，眾人皆是一模一樣的打扮，跟隨在爲首的三名襲擊者身後，惡意蓄勢待發。

高調囂張的襲擊計畫當然曝光，警示燈亮起，大量霧銀在通道裡噴射出來，幾秒間就將視線遮蔽八成。

眾襲擊者戴上面罩，並不驚慌。因爲這裡的一切都已被襲擊者透徹了解。

「啓動貨櫃上的EMP電子脈衝彈，倒數十分鐘開始。」身附奇命「刑凶災星」的襲擊者首領冷笑：「按原定計畫分成三小隊行動，在毀掉所有的實驗數據前，別忘記殺光席格瑪裡所有會呼吸的東西。」

擁有「斬鐵」命格的神祕襲擊者，走到厚達三公尺的鋼牆前。

襲擊者獰笑，高高舉起右手，一股很強的氣迅速膨脹開來。

「讓這個地方，變成紅色的煉獄吧。」

## 黑特鄉民

命格：集體格

存活：五百年

徵兆：熱愛逛bbs站PTT的Hate板，對別人老是可以中出正妹而自己不行這種事感到超恨，對室友總是帶女友回宿舍幹砲感到很不解，為別人聯誼抽到正妹自己卻肯定載到史前凶獸感到暴怒。大多數的宿主有常常幫正妹修電腦的特徵。

特質：這種恨會迅速透過情緒的分享，迅速擴染成巨大的怨念，將數千宿主怨化成洨民。

進化：請不要再進化了！

## 第185話

美國，華盛頓。

今日的五角大廈充滿了異常的緊張，每個人腳步匆匆，眉頭緊皺，胸前都抱著一疊疊資料。裝滿機密文件的推車在走道上橫衝直撞，許多人忙著打電話，通知特勤機構將重要人士接來開會，並加派比以往多三倍的警戒。

距離位於沙漠中的席格瑪實驗城遭到不明人士的軍事侵入，劫走大量的實驗資料與數據，已經四十八個小時了。

兩天，席格瑪實驗城的災情程度卻還在估計，但研究人員死傷至少在三十人以上，而派駐其內的特種部隊，已確定全數喪命。第一批發現求救信號的軍隊只有進去收屍的份，大批的支援軍隊正在開往席格瑪實驗城的途中，奇怪的謠言在軍隊裡迅速瀰漫開來。

但席格瑪實驗城的重創，只是其中的一個小起點。

災難，正以星火之勢燎燒開來。

人類權力的頂峰，不存在的七〇四室。

正式的會議還沒開始，已經趕到會場的眾議員、國防部將軍、中央情報局CIA、聯邦調查局FBI、國家安全局NSA，已經開始交換情報。

但消息錯亂紛陳，現場並沒有任何人掌握了全局，片面的消息與無法證實的猜測，在這些權力者的交頭接耳間迅速流竄。漸漸的，大家終於按耐不住。

「我等不及全員到齊了。席格瑪的存在不是在最機密的控管之下嗎？怎麼會暴露在敵人的打擊下？」一個眾議員憤怒地拍打桌子。

「收起你的議員架子，這個房間並不是他媽的國會。」卜洛克議員冷淡地說：「極機密的類銀研究都可以被盜走，被吸血鬼給知道了，這麼大一個席格瑪城被吸血鬼突襲，有什麼好奇怪的。現在我們最需要的，就是冷靜等待報告。」

「麥凱議長被暗殺了，腦袋還被切了下來。一向是麥凱敵人的你應該很高興吧？」

一位將軍看著卜洛克議員。

「你是什麼意思？」卜洛克議員怒目相視。

「據說麥凱議長遭到暗殺前最後一通電話，就是打給你的，你有何辯解？」將軍冷笑：「說不定在場的FBI已經對你展開調查了，你還是安分點好。」

此時，Z組織的三名代表也通過了重重關卡，進入了七〇四大門。領袖莫道夫，代理執行長凱因斯，資訊長吉爾，個個鐵青著臉，因爲他們帶來了很不愉快的新消息，但會議尚未正式開始之前，Z組織並不肯透露一個字。

在Z組織抵達七〇四室不久，美國總統也在大批隨扈的保護下親自來到了現場，還有幾名臉色凝重的情報人員跟著。

情報局人員將最新的暗碼程式輸入視訊系統，確定內容絕對不會被任何人攔截與解碼後，立刻透過軍事衛星的傳送，視訊會議接通了無法抵達現場的十位海陸空軍事將領，包括安分尼上將、馬可維奇上將，與多尼茲上將。

總統環顧與會的每一個人，首先做了開場白。

「會議開始吧，我相信此時此刻大家都很關心席格瑪實驗城遭受的軍事侵入，但很不幸地，我們所蒙受的損失遠比我們想像的還要巨大。一個小時前，還有最新的損害狀況回報給我。」總統看向身旁的情報人員。

情報人員接口說：「席格瑪事件初步調查，除了護送Z組織第三種人類樣品的安管人員與Z組織專員遭到格殺外，第三種人類也全數失蹤。不知名的敵人肯定是魚目混珠，藉由樣品貨櫃滲透進席格瑪，展開屠殺。」

「展開屠殺？席格瑪實驗城的守衛都是精挑細選的特種部隊吧，難道敵人也是一整支軍隊嗎？」一個將軍嚴肅地發問，並非質疑。

「現場並未發現敵人屍首，求救信號裡也只提到敵人是個數量很少的團隊，動作迅速，武器奇怪。至於敵人的影像……敵人用了EMP電子脈衝彈，將實驗城裡的所有資料都破壞掉，包括監視系統的檔案。以上的損失可能都無法修復。」情報人員回覆。

「生還者呢？杜克博士呢？」

「特種部隊在緊要關頭以緊急程序將杜克博士與部分研究者，以直升機送出席格瑪。但敵人啓動EMP電子脈衝彈後，電磁脈衝的波及範圍可能達一百公里，其內所有電子儀器設備都會被燒燬。直升機至今尚未回報，墜落蒙難的可能很大。」情報人員補充：「我們已經派出救援小組搜尋沙漠區，全力找尋杜克博士的下落。」

……是啊，如果杜克博士還活著，要重建一座新的席格瑪實驗城，又有何難？藏在杜克博士腦中的資料與圖像，才是人類最重要的科學資產。

正當與會人士要開始討論後續行動時，總統看向Z組織，嘆氣：「現在的焦點不只在席格瑪實驗城。我說過我們蒙受的損失比想像的還要巨大，我想，就請Z組織自行報告吧。」

莫道夫拍拍凱因斯的肩膀，說：「這是我們新接任的執行長，凱因斯。」

金髮、高大挺拔的凱因斯緩緩站起，開始陳述幾個小時前發生的巨變……

# 第186話

這不是我們的災難，而是全人類的浩劫。

十四個小時前，我們位於猶他州的死亡谷「新物種實驗室」遭到攻擊，所有關於第三種人類的初期實驗資料、與基因圖譜都被劫走，協同維護實驗室安全的美國軍隊也全數遭到殲滅。

實驗室隨後被炸藥燬去，只剩下滿地焦黑的碎片。

更可怕的是，九個小時前，我們位於深海兩千公尺處的第四號研究用潛艦，竟接到錯誤的指令前往巴士海峽，在途中遭到不明船艦的魚雷鎖定攻擊，原本潛艦裝備有精密的反魚雷系統，卻因誤判敵友，瞬間遭到擊沉。我們Z組織的執行長也在此次恐怖攻擊事件中身亡。

到底是什麼樣的敵人可以動用最新式的魚雷擊毀潛艦？

就在潛艦遭到攻擊的時刻，我們對內發佈了最高警戒，才即時阻止了「敵人」對我們位於阿肯色州的「第三種人類基因農場」發動攻擊。

敵人在夜色中乘坐武裝直升機攻擊，被我們自己訓練的自衛軍用地對空火箭彈擊落其中兩架。剩餘的敵人眼看突擊失效，毫不戀棧掉頭離去。

隨後我們在沙漠中發現被遺棄的空蕩蕩直升機，經調查，這幾架直升機是敵人從附近的國防基地軍事演習時劫取，而該國防基地竟一無所悉。

但我們對「第三種人類」的研究成果損失慘重，組織的士氣也大受打擊。

□

「等等，你們自己的自衛軍？軍隊？甚至還有潛艦？」卜洛克議員大吃一驚。

「沒錯，很意外嗎？我們Z組織擁有多項軍事設施的專利，對洛克希德軍火公司的持股超過百分之二十，也早已訓練出屬於自己的防禦力量。」凱因斯溫和說道：「許多關於Z組織的自衛軍建軍資訊，都長期與貴國的國防部分享，甚至參與部分的境外軍事合作，與機密的新兵器演習。」

「……這樣合法嗎？」一名議員也感到震驚。

「Z組織的建軍不需要我們的同意，因爲Z組織是跨國組織，並不隸屬這世界上任何一個國家。」國防部部長坦承：「只因爲Z組織與我國關係向來友好，又在長期在我國境內活動，所以才將其軍隊化的資訊與我們分享。」

國防部部長的表情有些尷尬，因爲他的理由實在很牽強。

每年的國防預算有限，而許多編列的項目並不能涵蓋所有的軍事需求，尤其這些軍事需求並不具有正當性，於是這些龐大的軍事費用就由Z組織所吸收。長期以往，Z組織不僅塡補了數以百億美金計的國防預算缺口，更實質發展出「以自我軍事力取代資金挹注」的模式。

到了這種地步，國防部只有一個條件：Z組織的建軍必須效忠美國。

「沒錯，我國需要藉助Z組織科技與資金的投資，這樣的合作很正常，也長期培養了互信互賴的默契。況且Z組織自我發展防禦力量，並不會損及我們的利益，事實上，我們的國防力量鞭長莫及之處，也常倚賴Z組織的幫忙。」FBI的頭目幫忙解釋。

這些都是眾議員不會知道的機密，此刻揭露出來，也是一種不得不。而FBI口中的鞭長莫及之處，全場莫不知悉，是指培養反對勢力推翻敵國政府，策動政變、甚至是發動虛假戰爭的骯髒事。

但雙方的合作，也的確仰賴Z組織甚多。大部分美國關於吸血鬼的研究，Z組織都有參與，不管是提供研究人才、資金，或是超越當代的科技技術，美國政府獲益頗豐。席格瑪實驗城就是Z組織與美國政府互資各半的成果。

這也是Z組織爲何能夠列席在此間，而凱因斯也可以自由出入海軍艦艇的原因。

「我們Z組織對於仲介和平一向不遺餘力，沒有眞正的力量，仲介和平只是一場空談。」莫道夫嚴肅地宣示：「但是從三天前麥凱議員遭到殺害，然後是席格瑪遭襲、新物種實驗室被毀掉、研究潛艦遭敵誘擊沉，都顯示出敵人的咄咄逼近，已經到了無法忍受的地步。」

總統始終保持嚴肅的臉色，到了此刻，他的眉頭更是緊到足以夾斷一枝鉛筆。

「爲了防堵敵人進一步的攻擊，我們已經啓動Z組織的最高警戒，所以很抱歉，從現在開始，如果我們無法取得實際的決策參與權，以後不只是軍事力，我們Z組織的所有行動將會脫離美國，獨立運作。甚至……尋求新的合作夥伴。」凱因斯接著他的長官莫道夫的話說。

這是多麼放肆的決定！

直接挑戰世界第一強國的忍受極限！

但凱因斯此話一出，國防部、聯邦調查局FBI、中央情報局CIA、國家安全局NSA，全都臉色煞白，震驚不已。

畢竟，能夠真正牽動美國國家安全命脈的跨國組織，也就只有Z組織而已。Z組織與美國政府結盟近一個世紀，現在一句話便要斬斷與美國之間盤根錯節的關係，這簡直令人難以忍受！

「現在難的並非是否要作戰，而是對誰宣戰。」安分尼上將透過視訊說。

「沒錯，如果Z組織與我國的協定終止，也不代表就能防禦敵人的攻擊。現在的關鍵是，找出藏在這些恐怖攻擊幕後的黑手，一齊思考應變策略。」多尼茲也心平氣和，透過視訊緩和氣氛。

「敵人在極短的時間內發動這麼精密繁浩的攻擊，想必是很龐大的組織。組織一旦龐大，就沒有理由找不出是誰。只是時間的問題。」FBI的頭目振振有辭：「敵人在美國境內對Z組織發動軍事攻擊，也就是對美國宣戰。」

莫道夫與凱因斯，不約而同看向Z組織的資料長吉爾。

吉爾冷然道：「資源有限，我們也不願意獨自面對未可知的敵人，但第三種人類的實驗成果才剛剛在七〇四發表，本組織就接著遭到攻擊，我們組織對七〇四已產生合理懷疑，貴國是否對我們以『第三種人類』取代『特洛伊』計畫有所不滿。」

全場緘默，因爲這的確是很合理的推測。

緘默，同時也因爲誰也不知道坐在旁邊的另一個組織的頭目，是否就是發動奇襲Z組織的背後老大。這幾個特勤部門與國防機構平時就有彼此較勁的傳統，組織的利益也經常有所衝突，如果有誰因爲對「第三種人類」計畫持極端的反對意見，暗中對Z組織發動攻擊，也不是不可能的事。畢竟Z組織遭到攻擊的標的，都是極機密的所在，如果不是對Z組織有高度的了解，是不可能在這麼短的時間內進行「斬首」式的重點打擊。

此間與會的重量級人士，還眞是嫌疑重大。

「你的意思是……我們其中有人，下令攻擊Z組織？」總統謹愼地問。

「事件還沒有調查清楚前，我們不會妄下斷語。但在這之前，我們必須採取最高警戒的防備以求自保，一個小時後，我們Z組織將完全退出與貴國的合作，尋求其他國家的支持。」凱因斯嘆氣：「我們剩餘的潛艇將和平駛出美國海域，到國際公海建立自我防禦網，而地面上的研究人員也將陸續離開美國國土。」

氣氛降到了冰點，幾個重量級人物的臉上都蒙上了一層寒霜。

「難道吸血鬼竟不在我們的嫌疑名單之內？從動機上來講，吸血鬼比起我們之間的任何單位，都擁有強大得多的理由吧？」一位議員不解。

「一開始就鎖定特定的敵人，對偵查方向來說有害無益，容易產生偏頗的論斷。判斷錯誤，代價將非常昂貴。」中央情報局CIA局長表示。

這話才剛剛說完，吉爾的衛星手機就響了。

一看訊息，吉爾的眼睛閃過極大的神采。

「傳送過來了。」吉爾鬆了口氣。

吉爾打開桌上的衛星電腦，輸入密碼，接通Z組織的特殊網路。

「爲了防範類似今日的狀況，我們在席格瑪實驗城架設的監視設備，具有及時將影像傳送到位於沙漠深處十公里處的資料備份庫的功能。但據回報，遭到攻擊的影像資料還是受到很大程度的電子脈衝影響，記錄並不清楚。」吉爾說明，看著從Z組織傳輸過來的檔案。

「嗯，請將檔案同步傳送給沒能到場的幾位將軍。」總統說，指令啓動。

每個人的桌前，都升起了電腦螢幕，全都屏息等待影像檔案接收完畢。

答案就在影像裡，偏偏傳輸的速度非常慢，等待的空白裡異常難熬……

# 第187話

門打開。

一個情報人員匆匆跑進七〇四室，在CIA局長旁耳語。

只見CIA局長臉色微變。耳語結束，CIA局長語氣凝重地宣佈：「中央情報局的中心蘭利，在十五分鐘前也遭到恐怖攻擊。所幸我們提高了戒備，所以損失並不算大。」

所有人身軀一震。

蘭利擁有類銀的最近進程資料，也在前天接收了第三種人類的基因圖譜，在這種時刻遭到攻擊，至為敏感。

但不管是不是敏感時刻，在中央情報局的大本營頭上動土，那不是瘋了嗎？

「什麼形式的攻擊？」安分尼上將訝異。

「還未……」

此時，總統的貼身隨扈收到新的密報，躬身告訴總統最新的緊急情資。

總統揮揮手，示意隨扈將情報直接告訴在場的所有人，象徵他的權柄已經往下分享。在這種時候，在上者的小動作都可能是安撫人心的利器。

「報告，副總統的專機剛剛在前來此處的途中，不幸發生了空難。」隨扈。

此刻，眞是全場大騷動了，連總統都震驚得臉色蒼白。

副總統搭乘的空軍一號，本是總統今日的座機。如果不是因爲啓動安全機制，總統臨時改搭另一架飛機，現在命喪黃泉的就是總統本人了！

一觸即發的戰爭氛圍，在場的人士都擁有決斷軍事行動的權柄，但敵人究竟是何面目都無法確定，尤其令人焦躁難耐。

「有這種膽子的敵人，恐怕只剩下……」聯邦調查局FBI首腦欲言又止。

登。

資料封包傳輸完畢，系統開始解碼，轉譯成一般的影像畫面。

開始播放。

畫面震動得很厲害，影像受損很嚴重，但還是可以看見幾個戴著防護面具的灰衣刺客，身手矯健到做三度空間的高速運動，加上毫不留情的痛手，瞬間殺死守衛往前突進。

接著，就是三十幾秒更驚悚的畫面，有的刺客動作快如閃光，有的刺客倒吊在天花板上行走，有的刺客竟然擁有刀槍不入的堅硬軀體……然後是一片極度錯亂的雜訊。

「受到EMP的影響，這已經是極限了……」吉爾嘆氣，結束畫面。

「這種攻擊模式，毫無疑問……」中央情報局CIA局長皺眉。

是的，所有的、微薄的證據都指向同一個敵人。

「是吸血鬼部隊。」聯邦調查局FBI首腦沉聲道：「打一開始，最可能對第三種人類計畫標的發動攻擊的，就是吸血鬼的組織。只是，他們怎麼會對Z組織瞭若指掌？」

「日本吸血鬼帝國的勢力龐大，這種程度的諜報不足爲奇吧。」中央情報局CIA局長說：「席格瑪再怎麼神祕，都已經存在了三十幾年，死亡谷的新物種研究室更有五十年的歷史……」

「上次與牙丸千軍見面，他提到了類銀計畫進行了三十幾年，他們早就滲透進我們的情報網得知類銀的存在了，如果他們對Z組織的存在也透徹了解，似乎也不需要奇怪。」安分尼上將在螢幕上思索著：「日本圈養派的吸血鬼勢力在這一連串恐怖攻擊事件裡扮演著什麼樣的角色，必須嚴謹地調查。我認爲，一次正式的和平會議有助於釐清雙方意圖，重新建立互信的基礎。」

總統面色凝重，不發一語。

「互信？副總統搭乘的空軍一號才剛剛遭到擊落！」馬可維奇艦長在視訊螢幕上咆哮，額頭上暴出青筋：「這根本就是宣戰！接下來是新的珍珠港事變嗎！」

「是不是擊落還未可知。」卜洛克議員提醒，立刻有幾名議員附和。

此時的卜洛克議員，可說是眾議員之間領導者，極有可能問鼎下一屆的議長。

「卜洛克議員，我眞懷疑你是吸血鬼派來的內奸……總統，請立刻宣戰！」馬可維奇艦長對國家一片赤誠，熱血上湧：「我的艦隊願意站在第一線，立刻開往橫濱支援多尼茲將軍！」

「敵人呢？日本吸血鬼？」卜洛克議員冷眼。

「當然是吸血鬼全部，從哪裡開始都一樣！」馬可維奇怒目以對。

「有必要擴展到種族之間的對立嗎？」卜洛克議員鄭重提醒：「別忘了杜克博士的關鍵報告，吸血鬼算是我們人類的先驅，席格瑪實驗城的存在目的，就是爲了用科技的力量，再度連結起兩大種族之間的和平，不是嗎？如果妄自挑起戰爭，正好落了敵人毀掉席格瑪的下懷。」

「我贊成卜議員的想法。就算敵人是吸血鬼，我們還是必須弄清楚敵人是吸血鬼中的哪一派，意圖究竟是什麼？或許是吸血鬼內部發生了政變，主戰派的勢力再度抬頭？」安分尼上將到底是深思熟慮的老將軍，說：「就算眞的要開啓戰爭，也應該確認應該毀滅敵人到何種地步。自始至終戰爭只是政治的工具，無論如何不能本末導致。」

「若這些事件僅僅是吸血鬼勢力對『類銀攻擊東京』的報復性行動，雖然手段殘暴，但還是可以理解的。總之，談判是絕對必要的。」一向反戰的多尼茲上將同意安分尼上將的說法。

針對「吸血鬼作爲敵人」的議題，大家開始熱烈討論，意見紛呈。

Z組織的首腦莫道夫，用凌厲的眼神打斷了眾人的爭執與臆測。

一股奇異的氣氛頓時在七〇四室中擴染開來，連總統也不由自主覺得自己矮了莫道夫一截。但沒有人會知道，這股奇異的力量來自莫道夫罕見的掌紋。

「不管敵人是吸血鬼勢力中的哪一支，我們認爲貴國政府已經無法保護Z組織的生存，尤其第三種人類的研究關乎下一世代人類種族的興亡。」莫道夫每說一個字，力道都直擊人心：「我們Z組織的第三種人類基因農場還有其他更隱密的處所，目前都受到極嚴密的軍事保護。一旦吸血鬼全面攻擊人類世界，第三種人類的進化計畫將是人類唯一的反制之道，這是我們堅定不移的信仰。通過第三種人類的強勢契機，和平才有長遠的保障，而非單薄的一絲曙光而已。」

「沒有合作的空間了嗎？」總統很猶豫，但仍鍥而不舍。

「如果貴國有誠意與Z組織合作，就必須宣佈戒嚴，開始推動『公民疫苗法』，讓所有的公民擁有選擇是否經由基因手術進化成第三種人類的權利，我們Z組織將傾力幫助上億的美國國民，優先於世界其他地區進行安全的基因手術。」莫道夫不理會眾人譁然的神情，轉頭看向資訊長吉爾。

「是的，依照我們Z組織龐大的資金與技術實力，我們將以最好的效率與長期的準備，在兩年內於全美各地籌備出一萬間基因手術中心、與十萬間基因醫療後續看護所，在未來的二十年內讓美國國民全數升級爲第三種人類。」吉爾自信滿滿，說著沒有人苟同的瘋狂想法：「如此一來，貴國還是能夠在永久的未來維持第一強權的優勢，吸血鬼再沒有威脅貴國的理由。」

「升級？這可是我聽過最瘋狂的計畫。」卜洛克議員嗤之以鼻，首先發難。

「我也無法認同。」安分尼上將並不多說，因爲這根本不構成選項。

「比起狗屁倒灶的基因改造，戰爭還簡單明白得多！」忠實的天主教徒馬可維奇上將的立場，在這個時刻絕對不可能有絲毫動搖。

「先不論過去Z組織對我國的貢獻有多重大，Z組織的基因改造計畫實在沒有讓人同意的空間。就算政府藉由發佈緊急戒嚴，強勢通過了『公民疫苗法』，社會大眾也不可能接受這樣的主導，必然產生大恐慌。」多尼茲上將也不退讓，疾言厲色說道：「如果吸血鬼要的是第三種人類計畫的全面崩毀，那麼便讓第三種人類的計畫全數崩毀吧！基因改造計畫從一開始就是徹底的狂人思維，如果放棄這樣的狂人思維可以換取兩種族之間的和平，我看不出堅持的理由！」

海外的軍方三大巨頭都表示了反對的意見，尤其以駐守在日本橫濱基地的多尼茲上將的言論最爲有力。

多尼茲上將並不在五角大廈七〇四室，自不會受到莫道夫的「影響」。他直指問題的核心：這次由吸血鬼發動的一連串恐怖攻擊，如果是針對第三種人類的基因改造計畫而來，那麼，這根本就是一廂情願的Z組織所引發的災難。

爲了遂行第三種人類的基因改造計畫，Z組織可以用來勒索的，不過就是脫離與美國政府長期結盟的關係。損失重大，卻不是瘋狂！

「如果社會不支持躍進爲第三種人類的公民疫苗法，是因爲人類大眾並不知悉吸血鬼的眞實存在，不了解爲何應該感到恐懼。經過一個世紀好萊塢電影工業與廣大次文化的宣傳與教育，民眾在面對吸血鬼的威脅時已有完善的認識，對於在危機發生時，應該選擇危險的戰鬥或是安全的進化，答案不言而喻。」凱因斯補充說明，似乎正在做最後的努力。

「說到危機是否存在，那也得證明，吸血鬼不只是想要毀掉第三種人類的實驗成果，而是想毀滅人類全體啊。」多尼茲上將反駁，安分尼上將與馬可維奇上將紛紛表示同意。

「總統先生？」聯邦調查局FBI首腦看向七〇四室的大家長。

「多尼茲上將，請你就近連絡牙丸千軍先生。」總統做出了指示。

駐守在橫濱美軍軍事基地的多尼茲上將的視訊畫面，突然整個黑掉。

## 你只是配角

命格：集體格

存活：兩百五十年

徵兆：當「備胎、副手、第二名、老二、NO.2」變成你的代名詞時，你就要小心是否被寄宿了。不過小心也沒用，重點是你找不找得到獵命師啊！

特質：傾盡心力卻總是為他人作嫁，領功時卻沒你的份。幫老師代筆寫論文，結果發表在期刊上時，研究者一欄卻找不到自己的名字。打球總是被命令傳給別人，有空檔自己出手會有強烈的罪惡感。別人拍A片，你永遠只能幫扛攝影機。

進化：若宿主永不認輸，則正好稱了命格的意，進化成「隱藏性角色」。

（高芳盈，台中縣太平市，可以嫁了可以嫁了的二十五歲）

# 〈獵與被獵〉之章

# 第188話

烏拉拉已經昏迷了兩天，他無底洞般的無意識進食，也持續了整整兩天。

這兩天裡，烏拉拉吃了二十公升的牛奶、八大鍋米飯、十五公斤肉類、十盒巧克力、三十條乳酪、五大盒起司蛋糕、五大盒明治冰淇淋、各式各樣的麵包，吃得連睡覺、排泄的時間都省了下來。

每天下班時，神谷都會買好大包小包的食物到租屋，讓無限進食的烏拉拉塞肚子，生怕中斷了烏拉拉神奇的「自癒能力」。

而每次神谷打開門，都為滿地空蕩蕩的食物包裝，感到驚異非常。

「加油……吃吧，吃吧，讓我見識神奇的力量。」神谷心中祈禱。

意識昏迷中的烏拉拉，在夢裡並沒有閒著。

在夢中，烏拉拉反覆看到自己逃到漫畫店前的詭異情景……

在擅使鎖鏈的蒙面女幾乎要殺死自己的危急時分，前一刻與自己浴血纏鬥的廟歲，竟為了長老護法團昂貴的自尊出手救了自己。

然而，令人百思不解的變化才正要開始。

擁有「惡魔之耳」命格的廟歲，卻沒有在超級優勢下殺敗蒙面女。

在工地戰場四周，突然瀰漫起紅色的濃霧，那濃霧有種特殊的成份與熟悉的氣味，教人不悅，但烏拉拉也說不上來是什麼。此時一群黑衣勁裝的不知名戰士，從紅霧中衝出，並從他們的手臂中噴射出鋒利斷金的金屬圓刃。

若不是廟歲體內的命格，是可以監聽周遭人等的內心私語，能在事前幾秒「預聽」方圓一百公尺內的潛在謀略，那些不知名戰士從四面八方飛擊過來的金屬圓刃，肯定在瞬間奪走他們的性命。

「磁力啊！」廟歲皺眉，隨即陷入苦戰。

雖然廟歲可以聽見所有敵人的內心思想，但那些突如其來的刺客也真教他大吃一驚。黑衣刺客彼此的搭配很有團隊默契，用磁力控制的金屬圓刃以超高速掠行，遠近皆擊，足以與廟歲保持一定的安全距離。

「獵命的技術，可不只是你們所獨有。」黑衣刺客語氣極有自信：「你體內的命格能量極為強大，我們今晚要接收了。」

「識相的，就將命格留下，我們放你一條生路。」另一個黑衣刺客手臂一翻，扯動無形的磁力線。

黑衣刺客並不是誇大其辭。

金屬圓刃極具破壞力，將廟歲製造出的幾隻猛毒大蜘蛛給砍成碎片。空氣中嗚咽著危險的迴旋響聲，廟歲的身上給劃出幾道鮮血淋漓的口子，在烏拉拉拚命引開敵人注意力時，連使了好幾個蜘蛛舞大技法，才將兩個刺客予以擊殺。

所幸蒙面女的鎖鏈刃球攻擊，並未嘗試與黑衣刺客的磁刀陣式揉合，只是冷冷地在一旁等待機會，否則廟歲與烏拉拉都會在瞬間成為東一塊西一塊的死肉。

「哼。」廟歲嘴角咧笑。

危急時刻，轟地一聲劈破了紅霧缺口，一道奔雷閃電駕到。

長老護法團裡最強的聶老，挾著無與倫比的力量，瞬間扭轉了戰局。

而毒氣攻心的烏拉拉，就趁著一片混亂與紅霧的掩護逃走。

事實上烏拉拉在逃走後不久，就已經失去了意識。

是某種本能，或渴望，將他帶到從未曾與他一語的神谷面前……

# 第189話

到了第三天，烏拉拉打了個嗝。

噩夢也醒了。

「結果到底是如何呢？」烏拉拉頭痛欲裂，看著手中吃到一半的乳酪。

又打了個嗝，手掌滾燙。

滿地的食物包裝與空盒，微微鼓脹的肚子，這次的大吃大喝總算告一段落。

揭開身上覆蓋的毛毯，自己竟是渾身赤裸，想必是神谷爲了幫自己療傷脫掉了衣褲，不禁有些難爲情。烏拉拉看見身上的傷口幾乎已經全數癒合，左手臂上的創口也只剩下一塊淡淡粉紅色的突起的疤，再過幾個小時就會整個完好如初吧。

無比慶幸，既陌生又熟悉的神谷眞的救了自己。

將乳酪塞進嘴裡嚼著，烏拉拉將毯子放在一旁，站起來伸了個懶腰。關節咯咯作響，久沒動作的身體慢慢舒展開來。

環顧小小的房間，卻沒看見神谷。

神谷的房間擺設很單純，除了課業上的教科書與參考書，就是許多漫畫人物的模型人偶。那些人偶依據大小與各自的姿勢，以特殊的排列方式陳列在書架上，而非單調的分門別類。

聖鬥士星史揮出流星拳，正好砸在正變身成超級賽亞人的悟空身上。忍者旗木卡卡西正與廚師香吉士，一起看著最新一期的《親熱天堂》。空条承太郎的替身使者白晶之星，正睥睨著暴乳的海賊娜美歐拉歐拉……

眞有趣，烏拉拉笑了出來。

就是這樣的女孩，才會毫不猶豫地照著自己的奇異請託行動。

「對了，紳士呢？」烏拉拉想起了他那忠貞的夥伴，卻也不在房裡。

烏拉拉依照直覺打開房間窗戶，果然看見了紳士。

紳士正在窗邊陽台的小盆栽旁，與一隻黃色的小母貓依偎而眠，小黃貓將她的頭放在紳士柔軟的肚子上，四肢垂放，模樣安詳甜蜜。

什麼樣的主人養什麼樣的貓，果然分外有道理。趁著主人昏昏大吃之際，紳士也不忘散發魅力，與附近最可愛的小母貓交往了起來。

「眞是辛苦你了。」烏拉拉笑嘻嘻地戳著紳士的肚子。

紳士微微睜開眼睛，一見主人終於甦醒，開心地想要翻身而起。這一動，躺在紳士肚子上的小黃貓也酣酣醒來。

「紳士，看來你找到了很不錯的羈絆呢……好漂亮，有眼光，眞不愧是我養的貓。」烏拉拉笑道，溫柔地摸著小黃貓身上的細毛，嘖嘖說道：「不過你遊走在犯罪邊緣喔，你的女朋友年紀好小，小心別把人家的肚子給搞大了。」

紳士哼哼，得意洋洋。

「內……」小母貓輕嘶，害羞地把臉鑽進紳士的肚子裡。

「喔，妳的名字叫小內啊，是紳士幫妳取的麼？很好聽啊，是個會帶給公貓溫暖的名字呢。」烏拉拉點點頭，伸出手指觸碰了小母貓的爪子一下。

從此小母貓算是有了自己的名字。小內。

紳士站起，在烏拉拉耳邊磨蹭耳語，烏拉拉點點頭。

這三天紳士除了談戀愛，還在東京裡到處刺探，嗅尋新的命格存在。那正是烏拉拉所需要的新武器，否則不足以應付新的強敵。

鑰匙在門孔裡喀喀作響，門打開。

# 第190話

穿著高中制服的神谷站在門口，兩手都拎著沉甸甸的大購物袋。不用說，裡面裝滿了高熱量的食物與飲料，都是「火貓男」自癒能力所需的薪柴。

「嘻嘻，我醒了。」烏拉拉笑笑，大方地微微鞠躬。

「……」神谷愣愣地看著烏拉拉，整個臉都是紅的。

此時神谷門後的風吹來，一股涼意將烏拉拉全身的毛細孔都搔撥開來，烏拉拉這才想起自己一身赤裸，從頭到腳一覽無遺。

「啊！抱歉！」烏拉拉尷尬地抓起地上的毛毯，匆匆圍在腰際。

「……」臉紅的神谷將兩大袋食物放在地上，把門關上，然後開始收拾地上的食物殘局。

烏拉拉感到不好意思，立刻蹲下與神谷一起收拾。

兩人將垃圾用手掌壓扁，裝在垃圾袋裡。

「眞不好意思，我估計我大概睡了至少三天吧，這三天來像怪物一樣吃了妳不少東西，實在是太打擾了，也花了妳不少錢吧。」烏拉拉為了打破尷尬，嘴巴說個不停：「其實我不是每次都這麼遜的，這次被打到鼻青臉腫眞的是很少見，通常躺在地上的都是我的敵人，只是啊，我前幾天晚上連續遇到了太多狠角色，簡直忙不過來，又中了很了不起的毒……」

神谷當然只有沉默的份，靜靜地收拾著垃圾。

「說起來，妳也眞的很妙。一般人遇到這種情形肯定會將我送到醫院去吧？但妳竟選擇相信我說的話，專心餵了我吃一頓重的東西。」烏拉拉認眞地看著沉默的神谷，說道：「非常感激，妳是我的救命恩人。」

「……」烏拉拉眞摯的感激，神谷只是呆呆看著。

「妳老是不說話，超酷的。以前我哥哥常說我廢話很多，連在打鬥的時候都不專心。哈，這我哥就不了解了，其實打鬥是一件很辛苦、很危險的事，所以找機會放鬆是很重要的藝術……」烏拉拉也不以為意，自顧自說話。

收拾好垃圾，神谷將新的食物分門別類擺在地上，就到衣櫃裡拿了一套衣服給烏拉拉。衣褲上的標籤都還未撕掉，是神谷爲了醒來後的烏拉拉所預先準備的，昨天神谷在店裡挑選的時候還刻意回想烏拉拉先前所穿衣褲的式樣，連尺寸都研究好了。

神谷背對著烏拉拉，耳根子燒紅。

「太貼心了，女孩子果然思慮細膩呢。」烏拉拉趕緊用他的神速穿上衣褲。衣服很合身，褲子也長度剛好，心頭一暖。

「可以轉過來了，我換好了。」體力正在恢復期的烏拉拉也不客氣，坐在地上就開始大快朵頤，說：「打了一場身心俱疲的爛架，即使傷好了，我還是需要很多的食物補充能量，先開動囉！」

烏拉拉撕開牛奶布丁盒，突然想到了什麼。

「不好意思，請問我可以邀我的貓，跟牠的新女朋友一起用餐嗎？」烏拉拉。

神谷點點頭，只見烏拉拉輕吹了個口哨，將撕開的布丁盒放在腳邊。

紳士攜著小內從陽台躍落，窩在烏拉拉身旁舔著甜嫩的牛奶布丁。

「對了，我再度自我介紹，我叫烏拉拉，是個獵命師。而我養的貓，則是獵命師必備的夥伴，嗯……妳聽過中國有一句老話『九命怪貓』嗎？其實貓有九條命的眞正意函，是指貓除了本身的靈魂外，還有九個多餘的體竅可以儲存九個命格……啊，妳相信命嗎？命格這種東西是真實存在的，命格有分天命格、機率格、集體格……」烏拉拉嘴裡瞬間塞滿東西，一邊含糊不清地說起獵命師的特殊體質與「職業技能」，以及命格的基本元素。

說著說著，神谷的嘴巴也不自覺越來越大。

「我現在身上的命格，就是很稀有的『天醫無縫』，可以迅速藉著食物的營養與熱量，轉化成治癒力治好我身上的傷口，提高免疫力，將毒融合成無害的東西……」隨著黑森林蛋糕嗑了大半、一大桶家庭號牛奶漸漸見底，烏拉拉聊完了漫畫般的獵命師世界，接著說起了這個世界的黑暗真實：吸血鬼實際存在於這個世界。

神谷一震。終日籠罩在心中的巨大恐怖，竟被烏拉拉毫無罣礙地說了出來。

「其實你們日本是吸血鬼的大本營，也是世界上唯一真正掌握國家級軍事力的吸血鬼組織。不信？真的！妳知道東京密密麻麻的地鐵系統之下的更底層，是超級豪華的吸血鬼地下城麼？妳所看過的電影裡……」

烏拉拉越說越沒有章法，想來是太過興奮，又長期缺乏聽眾的關係。

嗜食漫畫的神谷，倒是很配合地聽得目眩神迷。

烏拉拉對自己掏心剖腹，說的都是令人匪夷所思的驚人祕密，如果不是親眼看過烏拉拉操縱火焰的本領，與身體自我治療的奇妙畫面，加上自己殘酷的童年記憶，神谷是萬萬無法置信的。

而這個男孩說起祕密的樣子，就像在說剛剛去熊本吃了一碗好吃拉麵的遊記，輕鬆自然到讓人感動的程度。

到了此刻，神谷再也無法迴避自己無法言語的事實。

拿了紙筆，神谷侷促地寫下「我不能說話」幾個字。

將紙倒轉，讓烏拉拉看個明白。

「啊！原來如此！」烏拉拉恍然大悟，用力拍拍自己的腦袋，懊惱道：「這麼簡單的道理，我怎麼沒有想過這一點？」

神谷愣愣地看著「火貓男」，心中一片空白。

烏拉拉隨即哈哈大笑：「不過妳身上的病並不是因爲棲息著不好的命格所引起的，所以我沒辦法幫妳治好喔，眞是太可惜啦！哈哈哈哈！妳不能說話眞是太好啦，所以說，妳以前對我不理不睬，其實並不是討厭我，而是根本就不知道怎麼跟我說這件事對不對！」

神谷點點頭。

「哈哈哈哈！妳沒有討厭我耶！」烏拉拉開心地單手倒立，連翻了三個觔斗。

紳士與小內抬起頭，滿嘴的布丁碎塊，也開心地喵喵。

神谷淺淺地笑。

以前神谷向他人坦承自己有無法言語的隱疾時，幾乎都會看見別人不斷道歉的舉動。這些人慌慌張張的模樣並沒有帶來正面的效果，反而讓神谷覺得，是自己的無法言語造成了別人的困擾。

但眼前這個號稱是「獵命師」的「火貓男」……

「對了，想不想看看我是怎麼用火炎咒的？不懂？就上次我假裝手著火的那招啊！我們去附近的空地，我炫給妳看！」烏拉拉興奮不已，伸出手。

這還是神谷第一次，遇見如此直率豪爽的人。

## 天女散花

命格：機率格

存活：一百五十年

徵兆：老是被異性搭訕，桃花到處開。在捷運上、逛街、吃飯被眾人注視的壓力很沉重。宿主從陌生人手中接到的情書可以媲美一本畢業紀念冊的連絡頁，生平接過的電話號碼加起來，可以與圓周率的數字串一決勝負。

特質：宿主常常散發出極吸引人的「戀愛空隙」，錯亂他人判斷「機率」的直覺，讓周遭的異性感覺「搭訕此人有很大的、進一步發展的機會」。

進化：萬眾矚目。

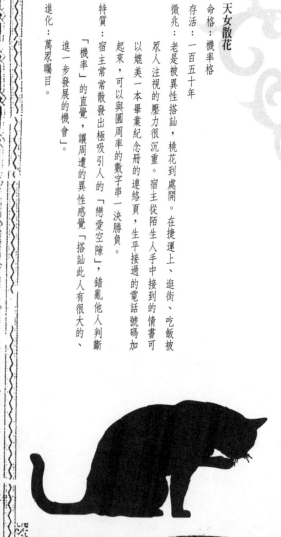

# 第191話

公寓樓上的天台，吹著靜謐的晚風。

在這個高度現代化的都市裡，並沒有涼沁的山嵐，也沒有波濤的海風。在動物敏銳的聽覺裡，這個城市到處都是機械運轉的各種聲音。連最接近風的存在，都是空調轉換的聲響。

但是對約會的男男女女來說，只要是風，就是對的風。

「喏，這就是火炎咒。」

身體才剛剛康復的烏拉拉，迫不及待地展開他生平第一場追求，根本不在乎獵命師之於咒術使用的重重規範。

烏拉拉脫掉上衣，伸出手，拇指與中指啪地一擦，火焰無端燃起，黃色的小火就停留在食指上，好像人體打火機。

「還可以玩出很多花樣。」烏拉拉平舉手。

一握拳，將適才停留在食指上的火焰給握在拳心。只見火焰自拳頭裡延燒到整個拳頭，就像變魔術一樣。

烏拉拉手一翻，將掌心攤開，火焰登時像一條小蛇般從掌心竄繞到上臂，然後直攀到肩膀上，最後沿著頸子繞了一圈後，奇異地消失在耳際。

「操控火焰的咒語，是我們烏家的拿手絕活，基本上算是攻擊力強大、用來防禦或逃遁都很棒的咒語，缺點則是非常消耗能量，但也無可厚非。」烏拉拉慢條斯理解釋：「咒的力量極限，端視練習的熟練度，跟施術者與生俱來的天分。我哥哥對火炎咒的掌握度很高，因爲他的專注力很驚人，我則是打混過去，將火炎咒的使用當作是可行戰術的一部份。」

一邊解釋，烏拉拉一邊從耳際抓出一團火球，然後兩手交互丟擲把玩。

神谷想了想，在隨身小筆記本上寫著：

「那麼，每個獵命師所習練的咒術都不同？」

「對，也不對。」烏拉拉不厭其煩，將火球當成了毽子踢，說：「『咒』是可以學習的一種能量交換術，不僅是獵命師，通過修行，一般人也可以學會某些咒，所欠缺的只是力量的飽和度。獵命師的體質跟咒的場域非常契合，通常對咒的掌握度會比一般人來得好。所以了，火炎咒不只是我們烏家的獨門本事，每個獵命師可能都會一點火炎咒的基礎或皮毛。但是火炎咒博大精深，不管是對它的研究或是創新招式，我們烏家下的功夫最多，很多竅門我們是不對外公開的，以保持我們烏家在火炎咒上的優勢。」

烏拉拉微笑，站在順風處，輕輕在手掌上用指血劃了古文字。

「小心喔。」烏拉拉一頓力，掌心立刻噴出一道耀眼的火焰。

火焰在空中靈轉吞吐，好像擁有自己的生命。

神谷訝然，不曉得該不該鼓掌。

「如果要使出比較厲害的火術，就得在施術的位置用自己的血寫上召喚咒，如此一來就能通過更有效率的能量轉換機制，將體內的修爲化作火焰。火炎咒的召喚咒語有很多種，但不同的召喚咒並不是代表不同的招式級數……應該怎麼比喻好呢……可以將我們的身體想像成一座水壩，能量就是裡面的儲水，而咒語，就是閥口的開關，不同的咒語代表不同大小的閥口。塗上召喚咒就是將水壩的特定閥口打開，讓裡面的儲水宣洩出來。」烏拉拉一抖手，在半空中張牙舞爪的火焰立刻消失。

烏拉拉輕輕一吹，手掌上的焦煙淡淡拂散。

「照道理閥口越大，水壩爆發的力量就越強。」烏拉拉拍打自己的手臂，扭動舒張，說：「但水壩裡要是沒水的話，打開閥口也不濟事。所以我們的修行就是要積貯體內的能量，並讓能量從無到有的新陳代謝速度變快，這樣才能發揮在實戰上。」頓了頓，又說：「學會寫召喚咒只要幾秒的時間，但要讓召喚咒有用，那就是經年累月的功夫了。」

烏拉拉想起不知身在何處的哥哥。

兩兄弟分開時，哥哥的火炎咒比起父親絲毫不遜，現在的程度應該倍加驚人。說不定，已經追上了烏家史上赫赫有名的「烏禪」。

神谷在紙本上寫問道：

「火炎咒真是厲害。其他的獵命師所使用的咒語，是中國人所說的五行：金、木、水、火、土麼？」

烏拉拉歪著頭，不愧是看了很多漫畫的女孩。

「咒的世界博大精深，可以說是一種自我制約，也可以說是強制他人服從的精神結界，我們獵命師使用的咒語，跟道術、忍術有很多的相通。至於金木水火土嘛……獵命師有斷金咒，基礎是可以將肌肉強化成硬梆梆的鐵塊，可以當成盾牌防禦，當然也可以拿來揍人，可以說是基本的體術……練到極致，手刀的力量還可以砍斷厚重的鋼牆。我會一些，但只能拿來擋擋不成氣候的刀術攻擊。」

可以在喜歡的女孩子面前談論熟悉的事物，烏拉拉自然傾囊說明。

「木的話，有聽木咒，據說可以與植物溝通。溝通什麼？我哥哥不會，所以我也不懂，不過肯定不是說悄悄話這麼簡單。」

「水啊……獵命師有鬼水咒，但水是有形之物，不能像我們火炎咒一樣自體內召喚出火的能量。鬼水咒需要藉著水氣或實質的水池等，施咒者才能操控水的力量。鬼水咒的施咒限制嚴格，所以發揮出來的能力非常驚人，變化也多。」

「火的話肯定是火炎咒了，而土的話，則是化土咒，作用是與介於陰陽兩界、不上不下的東西……也就是動物的屍體，產生溝通。化土咒裡有個叫『穢土擒屍』的咒系，可說是其中的佼佼者。這我也不會，原因也是因爲我哥哥自己也不明白。」

「當然還有好多好多啦，例如召喚動物的靈力術。不過召喚也不是隨便召喚，要有召喚的條件。例如前幾天把我嚇得半死的蜘蛛舞，蜘、蛛、舞……這麼寫，就是依據施術者召喚時的高度，而有不同大小的蜘蛛跑出來。靈力術需要很強的精神能力，我啊，就學不來。」

「此外還有大風咒，在空曠的地方使用的話，簡直就是所向無敵，據說到了最高境界還可以飛起來，中國古時候的仙人傳說，很多都是熟練大風咒的獵命師。我是不想相信啦，因爲比起可以飛的大風咒，火炎咒就遜色多了。」

「雷神咒就超級恐怖了，可以從體內放出雷電！同樣跟火炎咒屬於純能量系統的咒語，雷神咒的施術者體內所累積的能量更爲精純，也更加雄厚。坦白說，我絕對打不過雷神咒，連逃都要靠很強的運氣……這點我倒是還挺有把握，畢竟操作運氣才是獵命師的拿手好戲，哈哈哈哈。」

神谷寫下：「那你還會什麼？」

「大明咒，一種會將體內能量模擬成『光』的咒語。」烏拉拉老早就準備好要現寶，在手上寫好簡單的咒語後，緊緊握住十幾秒。

烏拉拉將手掌遞到神谷面前，笑嘻嘻地看著不明究裡的神谷。

「送給妳。」

烏拉拉手掌放開，光就像水一樣在指縫中流洩開來，就像是一朵金色的蓮花。

神谷接過了光的蓮花，小心翼翼捧在手心。

只見光的花瓣冉冉拂動，就像一個小小的精靈仙子。

神谷有些感動。

這個火貓男，原來是個多才多藝的魔術師啊……

# 第192話

破碎的屍塊沾黏了半條街。

冷冷清清的紅色大街上，血淋淋的超現實戰鬥已經上演了十幾分鐘。

「眞是棘手的獵命師啊，居然可以操作死人。」

十一豺裡，「生前」號稱空手道第一怪物的大山倍里達，看著眼前的敵人冷笑道：「眞諷刺。你不覺得，你這種噁心的伎倆比起我們，更像是壞人嗎？」

大山倍里達的面前，是一群「活生生的屍體」。

屍體身上穿著警察制服，他們在幾個小時前都還是有妻子有兒女的公務員；而現在，他們只是一群沒有痛覺的破爛戰鬥人偶。

屍體之所以能動，當然是穢土擒屍咒的高手，鰲九的恐怖傑作。

「別說這麼多了，在日本待這麼久了，難得遇上很想殺死的對手呢。我們應該存著感激的心情把他凌遲到死。」一向與大山倍里達搭檔的賀，則遠遠蹲在地上，冷眼瞧著鰲九。

鰲九的身上，狠狠釘上了賀的三柄飛刀。

混在屍鬼裡的阿廟，身上也中了兩把。

眞可怕……鰲九心想。

這些飛刀的速度之驚人，彷彿是瞄準了自己呼吸之間的微妙縫隙所發出。刀刀例不虛發，自己只有及時避開要害的份。

混帳，太低估東京十一豺的力量了。鰲九牙齒咬到都快崩掉。

眼前的情況，完全是自己造成的。

# 第193話

烏家兄弟出現在日本的信號很明確，這幾天，幾個獵命師陸陸續續趕到了東京，參與圍捕的工作，其中還包括了另外三位長老護法團的成員。

然而東京，已完全沒有了烏霆殲的蹤跡。

不管鰲九怎樣使用「千里仇家一線牽」命格去搜尋，就是沒有任何一絲感應。阿廟與她的父親廟歲，用了蜘蛛舞奇術在東京裡佈下了好幾張無形咒網，也找不出烏霆殲的下落。

「通緝要犯」烏霆殲究竟還在不在東京，完全不可解。

如果不在，烏霆殲去了哪裡？只是離開了東京？還是根本不在日本了？

如果還在東京，烏霆殲此刻藏身在哪？依照烏霆殲囂張跋扈的個性，根本不可能躲起來窩著，而是大搖大擺到處吃食厄命才是，然而烏霆殲竟停止了吃食可怕命格的一貫舉動。在烏霆殲還在東京的假設前提下，最可能的結論是——烏霆殲被吸血鬼給抓了。

獵命師很自然分成了兩派。

認爲烏霆殲並不在東京的獵命師，便前往東京的外圍城市活動，等待烏霆殲再度行凶。而認定烏霆殲是被吸血鬼給抓走的獵命師，則到處在東京裡刺探吸血鬼的根據地，希望得到烏霆殲的下落。如果再抓不到烏霆殲，能意外宰了大長老想要留下活口的烏拉拉也不壞。

就這樣，入侵東京的獵命師分成了幾組人馬，各自用自己的節奏……

擅自行動的鰲九，與一向唯鰲九命令是從的阿廟，採行最偏激的找人策略：攻擊重要的吸血鬼據點，試圖引出重要的狠角色，好「逼問」出吸血鬼囚禁烏霆殲的地方。

沒想到，引出的敵人竟是如此棘手，而且好像早就準備好要對付他們似的。

經過長達三條街的惡戰，鰲九不僅吃驚，而且更感到憤怒。

深深一呼吸，鰲九象徵性排泄掉憤怒的情緒，讓體內的「無懼」命格重新掌控住眼前的狀況，迅速冷靜下來。

「我說吸血鬼啊吸血鬼，比起變態，你們招架得住接下來的攻擊嗎？」鰲九將更強的意念傳送到屍體上，大喝：「穢土擒屍——屍鬼狂舞！」

雙手十指疾動，咒法撩亂。

十幾個穿著警察制服的屍鬼、加上僞裝成屍鬼之一的阿廟，像嗑了藥的豹子一樣衝向大山倍里達，而大山倍里達爲了幫賀拉開最具侵略性的攻擊距離，果斷地迎向屍鬼陣。

「嘔嘔嘔嘔嘔嘔……」這些屍鬼接受到更強烈的意念操控，身體肌肉嘶嘶綳扯，用最驚人的力道揮出每一次攻擊。

大山倍里達沉腰蹲馬，身形陷在群起攻之的屍鬼裡，用他最拿手的極眞派空手道，一拳一腳地招架。饒是他有空手道之鬼的稱號，雖然根本不怕屍鬼，卻也一時拿這些不會痛的屍體沒辦法，只有老老實實一個接一個擊倒。

身材略微矮小的賀依舊蹲在地上不動，只是提腕一震，兩柄刀子飛出，刺進兩個屍鬼的額頭。

刀子破壞屍鬼的腦部，卻沒有讓屍鬼的動作停滯下來。

「……」賀冷冷地看著鰲九。

「你是笨蛋嗎？這些屍塊根本不怕你的飛刀，要讓他們停止活動，就是將他們拆成一塊一塊的！」大山倍里達大聲吼道：「像這樣！」

大山倍里達右拳回縮入腰，左拳抬起架住一個屍鬼的頭鎚，一踏腳，沉肩，右拳高速旋轉轟出，重重鑽進屍鬼的胸口。空手道的幻之絕技——裏當！

「裏當」高速旋轉的勁力有如電鑽，瞬間絞碎眼前屍鬼的胸膛，肋骨像筷子斷折，彈向四面八方。黏在大山倍里達身上的屍屑又更多了。

鰲九當然知道這些以平凡人類的屍體咒化而成的屍鬼，並不能對大山倍里達這種等級的高手產生威脅，所以眞正的殺著是藏在屍鬼堆裡、眼神始終呆滯的阿廟。

幻之絕技「裏當」得逞，屍鬼爆開之際，阿廟也瞬間欺近大山倍里達的背脊，重重一拳擊出。

大山倍里達感覺身後來襲的拳勁有異，卻也來不及回身招架，因爲鰲九突然拔身衝向自己，全身散發出淩厲的殺氣。

「找死。」賀的瞳孔一縮，飛刀破空掠出。

「唧——」阿廟一拳擊中大山倍里達的後脊，內勁迸發。

大山倍里達身軀一震，一個屍鬼立刻咬住大山倍里達的左手，牙齒狠狠插進他鐵一般的肌肉。趁此，阿廟朝著大山倍里達的下腰又是重重一拳，大山倍里達痛極，膝蓋上頂，撞碎咬住自己左手的屍鬼下顎，猛虎迴身往阿廟就是一個手刀斬。

同時，賀的飛刀也沒閒著，倏然穿過屍鬼陣式，忽地沒入鰲九的肩胛。

鰲九無視肩傷，大叫：「阿廟！」快速伸出左手臂。

只見阿廟高高躍起，不僅躲開大山倍里達的手刀迴斬，還以驚人的跳躍力飛過大山倍里達的頭頂，落在鰲九的手臂上。

鰲九提臂一揮，阿廟立刻借力上衝，一下子就來到離地十幾公尺的半空。

又一柄飛刀從賀的手中飛出，鰲九頭一偏，飛刀貫進他的嘴巴，擊碎牙齒。

「……」阿廟五指箕張，抓著自己光頭上猙獰的蜘蛛刺青。

賀感到不對。

「小心！那是廢了阿古拉的怪招！」

賀機警出聲，五柄飛刀卻比他的警告更早發動，直接往上飛射。

當飛刀刺穿阿廟的腳底、小腿、大腿時，鰲九立即解除穢土擒屍的操作咒，釋放出「自動攻擊」的命令。

「吼！」只見所有的屍鬼全都不顧招式，群起湧向大山倍里達，將他緊緊錮住。而阿廟也從頭上「揣出」一隻越來越大的巨型蜘蛛，一齊衝落。

巨型蜘蛛瞄準大山倍里達，尾巴由上而下噴射出白色的漿線。

「爆！」

鰲九冷靜，右掌一握，正被大山倍里達用空手道重重拆解的屍鬼們，突然一齊爆了開來。生前沒有修煉過「氣」的屍鬼們，體內引爆出的能量並沒有很劇烈，但已足以瓦解大山倍里達千錘百鍊的防禦，讓他躲不過阿廟的蜘蛛舞攻擊。

爆碎飛射的屍塊與血水大大阻礙了街上的視線，並達到震撼戰局的效果。

但是擅使暗器者，都是眼力絕佳的貨色。

賀鍛鍊一百多年的動態視覺，冷冷地穿透血水紛飛的一切，身上大量飛刀齊射而出，避開在夜空中翻滾的屍塊，猶如長了眼睛的銀光。

咑咑咑咑咑咑咑咑……

十數點銀光攢進落在大山倍里達身上的巨大蜘蛛體內，臟器爆破，湯汁淋漓。

蜘蛛的嘴才剛剛咬上大山倍里達，釋放出一小口毒液就已經死絕，一大沱屍體就癱在大山倍里達的肩上。

「混帳！」摔掉蜘蛛屍體後，渾身炸傷的大山倍里達，憤怒地撥開身上的白色蜘蛛絲液，但黏稠無比的蜘珠漿絲包覆了他大半身軀，越是掙扎，就越是狼狽。被咬中的肩膀也迅速痲痺、腫脹起來。

「只要是活的，就會死。」賀淡淡說道：「會死的東西，就不必怕。」

然而，被稠絲困住的大山倍里達，已暫時失去作戰能力了。

捕獲。

「我同意。」鰲九冷冷地拔出插在臉上的飛刀，鮮血與碎牙讓他的臉更加猙獰。慢慢走向從容不迫的賀，來到氣急敗壞的大山倍里達身旁，距離他耍玩的下任屍鬼只有一臂之遙。

「……」阿廟機械式拔出釘在腳上的幾把飛刀，呆呆地跟在鰲九身邊。

兩個獵命師，一個吸血鬼。

「現在是二打一的局面了。」鰲九揉動肩膀，冷酷地盯著賀說：「你是要丟下你的夥伴逃走，還是要跟你的夥伴，一齊變成我的屍鬼？」

賀忍不住笑了出來。

「在我的眼裡，現在可是五打二的贏面呢。」

# 第194話

賀亮出身上剩餘的飛刀。

左手三柄，右手兩柄。

對賀來說，足夠對付眼前的獵命師了。

賀的飛刀百發百中的「絕對距離」，是十一公尺到十三公尺之間。

超過這個範圍，敵手可能及時反應，無法給予致命一擊。如同剛剛的狀況。

太過迫近自己，飛刀最神祕的瞬間加速度無法施展，刀速反而受到壓抑。

然而，在「絕對距離」之內，賀的飛刀有整整一百年未逢敵手。

鰲九與阿廟，距離賀的絕對距離，只有兩步。

「空手道狂，按例打個賭吧。」賀露出尖銳的犬齒，吸血鬼殺戮的印記：「只不過這次你要賭贏了，我們就是死路一條啦。」

「額頭，一億。照例賭你不中。」大山倍里達瞪著身邊的鰲九，嘴唇發白。

雖然只是遭巨型蜘蛛輕輕咬了一口，但毒液的量還是很可觀。此刻的大山倍里達已經眼前發黑，半邊身體都痲痹沒有知覺，若非吸血鬼的體質強悍，常人早就化作一堆蛋白泡沫了。

如果不趕快送到地下皇城的緊急醫療中心，大山倍里達的肩膀恐怕得進行基因重建手術……賀心想。

「做個交易？我們的對決留到下次的交逢如何？」賀淡淡地說，肩膀略沉。

鰲九嗅出不尋常的殺意。

本能地，鰲九感覺到賀的自信並不是開玩笑，彷彿繼續往前踏一步，就會啓動某個致命的開關。賀的冷冽眼神這樣告訴他。

擅長一次操作多名屍鬼的鰲九，心思有如閃電，還可一心多用；目光銳利，兩隻眼睛可以同時盯著不同方向。但想躲過賀的飛刀，光是反應與眼力還不夠，鰲九還需要更強的好運。然而現在已經沒有時間更換適合的命格了。

但明明在人數上佔了上風，卻要夾著尾巴逃走？

鰲九絕對忍不下這口氣。絕對不能。

「嘿嘿嘿嘿嘿……」鰲九嘿嘿笑了起來，突然一拳重重揍向阿廟。

阿廟呆呆顛晃了一下，鼻子幾乎歪了一邊，血塗滿了半張臉。

這一記打在同伴臉上、莫名其妙的重拳，看得賀目瞪口呆。

「阿廟，站好。」鰲九一眼瞪著賀，一眼瞪斥著阿廟。

阿廟聽話站好，鰲九又是一拳正中阿廟的鼻心，揍得阿廟整個人斜了半身。

這傢伙是瘋的……賀心想。

「阿廟，用妳最快的速度跑走。」鰲九眼神有如厲鬼，扭動肩膀，全身散發出毫無保留的強氣，說道：「如果半小時後老地方看不到我，就告訴護法團我被宰了。以後，妳就跟著妳爸爸吧……」

賀懂了。

這傢伙不只是瘋的，還瘋得斥退唯一能分擔飛刀標靶的夥伴。

簡直是，尋死。

「滾！」鰲九一喝。

阿廟立即拔腿就逃，幾個起落就消失在街末。

「單獨赴死，我欣賞。」賀冷冷說道。

「別誤會了。」鰲九從口袋裡拿出打火機，獰笑：「我只是不想有人在旁邊礙手礙腳的。何況，你還是替你的夥伴擔心擔心吧！」

唰地一擦，小小的火焰冒出。

賀一凜，瞳孔映著那團星星小火。

「東西還是吃熟的，比較衛生啊！」

鰲九惡魔般地笑，將打火機隨手往大山倍里達身上一丟。

蜘蛛絲是非常容易點燃的有機化合物，何況是一大沱濃稠凝結的絲液。火一點，大山倍里達一下子就燒成了一團火球，烈焰將快要失去意識的大山倍里達激烈喚醒，變成一隻抱頭狂竄的野獸。

突如其來的巨大火光，也大大壓抑住賀的驚人視力。

「拔掉你的牙齒！」

鰲九趁機竄身而前，踏進賀的「絕對距離」，肩膀肌肉啪地鬆脫。

燃蟒拳！

「太遺憾了。」賀輕輕往後一躍，手擲出。

一道銀光在烈焰中完全消失，無形的死亡軌道滑入鰲九的喉嚨，但受到致命重傷的鰲九並沒有停下腳步，瞬間已來到賀的身邊，催掌而出。

鰲九怒目而視，手臂忽地伸長，勁風撲向賀的身影。

經過三條街的惡鬥，賀已知道鰲九的攻擊手法，驚險側身避開鰲九的燃蟒拳時，順手又是一刀飛出。

「！」半弧型的飛刀軌跡，冷冷由鰲九的下顎插入，擊碎了鰲九半張臉。

這一記飛刀中斷了鰲九的精神意識，讓他接下來的下墜拳露出大破綻，賀輕溜溜地滑出鰲九的下墜拳範圍，順勢風箏般被拳勁給「吹走」。

地磚被鰲九的拳力碎開，而冷血的第三柄飛刀，也整個穿進了鰲九的胸口。

「結束了。」賀在半空中致詞。

鰲九的身形瞬間僵硬，肺部裡彷彿塞滿了鉛塊，將空氣毫不保留地擠壓出來。

咚。

鰲九的燃蟒拳一招都沒擊中賀，就已重重摔倒在地上。

「……」鰲九破碎的臉貼著冰冷的地，無法置信。

這是他這輩子最難堪的姿勢。

也是最後一個姿勢。

賀無聲無息落下，單手扶在地上。

壓倒性的勝利之後，賀卻沒有幫痛得快瘋掉的大山倍里達滅火，任由大山倍里達自行用盲亂的踢腳掃斷路邊的消防栓，衝掉身上的團團烈火。

眞是意外啊……

「你的奴隸，眞是忠心耿耿。」賀冷道。

瀕死的鰲九一驚，撐開沉重的眼皮。

只見阿廟眼神茫然地衝回來，傻傻地跑向倒在地上的他。

「白癡！妳回來做什麼！」鰲九用僅剩的力氣咆哮。

「……」阿廟還是呆呆地沒有說話，只是跑著。

跑著。

雖然脾氣暴躁的鰲九，總是毆打阿廟作爲發洩情緒的對象，每一拳都無視她身爲一個人的尊嚴，猛揍又猛揍。但阿廟沒有了鰲九，頓時不知道自己究竟是誰，該往哪裡去；鰲九給她的指示跟戰鬥一點干係也沒有，更讓阿廟無所適從。

她只是本能地跑回來。

「不明白妳是不是眞的白癡，不過，妳也是懷著覺悟回來的吧……一點敬意，多多包涵。」殺人如麻的賀可不是婦人心腸之輩，最後的兩柄飛刀脫手射出，無聲貫入奔跑中的阿廟的腦袋。

阿廟停在鰲九身旁。

眼神迷離的阿廟，頭上插著兩把飛刀，就像一頭笨頭笨腦的麋鹿。麋鹿阿廟沒有立刻倒下，而是傻傻地站在鰲九身旁，無法理解地看著地上氣若遊絲的鰲九。

鰲九是誰，阿廟一向都不知道。

阿廟只曉得，自從自己在二十歲那年殺了哥哥後，鰲九就是這個世界上，唯一需要她的人。

鰲九需要在心情不好時瘋狂揍她，鰲九需要在心情很好時狠狠揍她，鰲九需要她額頭上的蜘蛛，鰲九需要她擋下敵人的所有攻擊……

「哥哥，我揹你。」

阿廟的記憶開始錯亂，蹲下，扛起鰲九。

「……」

鰲九垂掛在阿廟肩上，一滴曾經稱爲眼淚的水珠，緩緩自他的眼角落下。

賀漠然看著一切。大山倍里達倒在噴泉般的消防栓旁，昏昏欲睡地淋著。

阿廟開始奔跑，奔跑，用她不會累、不會痛、不會傷心的身體，努力奔跑著。

街的轉角，阿廟終於倒下。

阿廟的心裡很滿足。

因爲她這一次，再沒有拋棄掉深深需要她的人了。

## 九把刀的秘警教室（七）

Z組織成立於一九二七年，一九五二年與美國締約結盟，但據信Z組織實際成立的時間則至少超過兩個世紀之久，只是隱密不為人知。其成立宗旨相當明確：「仲介」人類與吸血鬼之間的「和平」。

Z組織遊走於世界各國的秘警署間，與諸國秘警交換關於吸血鬼的種種情報，並吸收優秀的獵人加盟。近年來，有些國家的吸血鬼組織在Z組織的庇蔭下得到政治保護，美國境內的三大吸血鬼派系也開始與Z組織有所接觸。

關於Z組織，許多人都認為其神秘的氣質接近宗教，超越其為跨國集團的架構。其龐大的資金來源一直是最大的謎團，而沒有極限的資金挹注，為其發展出一個小型國家等級的軍事力，與領先全世界的基因超科技……

以及，獵命的最新技術！

# 第195話

得到神谷的應允，烏拉拉就暫時在神谷的小租房裡落腳。

床只有一張，當然沒有烏拉拉的份。

烏拉拉在神谷床邊的榻榻米上打了地鋪，肚子上則躺著紳士與小內。當晚睡覺時，烏拉拉自顧自說起以前發生在自己身上的故事，神谷看著天花板，毫無困難地藉由漫畫上一格又一格的分鏡，去想像獵命師世界裡殘酷的詛咒盛宴，以及烏家兩兄弟豪壯的反撲。

神谷當然無法插話，所以烏拉拉索性說了個痛快。

「……就在最關鍵的時候，我爸爸用最後的力量使出了石破天驚的『居爾一拳』，我哥哥明知道『居爾一拳』是多麼可怕的命格，他卻連逃的想法都沒有，我哥啊，竟然就直接迎了上去……」

直到烏拉拉不小心睡著後，神谷還津津有味地沉浸在快速奔放的故事裡。神谷不由自主認爲烏拉拉的過往，與自己的悲慘童年有種相互取暖的共鳴。

第二天一大早神谷起床後，地鋪的棉被亂七八糟疊在角落，只剩下睡得正香甜的小內貓咪。烏拉拉留下紙條說，他跟紳士去到處找找有沒有新的「命格」，以及哥哥的下落。

神谷上學去，按照她原本的生活步調，下了課先去漫畫店打工，然後再搭電車回家。

一回家，神谷看見烏拉拉坐在滿地的報紙與雜誌上閱讀，似乎刻意尋找著什麼。而烏拉拉也買好了火鍋料理，等著她開飯。

原本陌生的孤男寡女共處一室會有很多尷尬，但烏拉拉的個性灑脫，向來不拘小節，又有「很了不起」的借宿理由，烏拉拉賴在神谷家是過得挺自在的。更妙的是神谷不能言語，直接省下很多言語上可能的曖昧，只用紙條與這位養貓的怪房客溝通。

孤獨慣了的神谷，對於烏拉拉的一切感到很新鮮。

烏拉拉個性鮮明，喜好溢於言表，活脫就像一個從漫畫裡走出來的人物。

大部分的時候，烏拉拉無理由的驕傲自信，是他身上重要的氣質。

「眞的！雖然我打鬥的技巧不能說是頂尖，咒術也常常在緊要關頭氣力放盡，但就一個獵命師的素質來說，我可是天才中的天才！」烏拉拉從鼻孔裡噴氣。

正在吃紅豆麵包的紳士抬起頭來，唉唉地搖搖頭。這個主人眞是大言不慚。

「從何說起呢？」神谷吃吃笑，在紙條上寫著。

烏拉拉將沒有掌紋的手掌攤開，在空中虛甩說道：「咒術再怎麼神奇，都敵不過命運的安排。獵命師眞正的拿手好戲，是用命格作戰——牽動命運的絲線、掌握戰運中的一切要素，就有機會打倒比自己強十倍的對手。」

今晚天氣變冷了，小小的桌上正煮著小火鍋，烏拉拉連寫火炎咒都不必，直接附掌在鍋緣加熱，湯水一下子就滾了起來。

明明就有天然瓦斯可以用，烏拉拉卻硬是要施展咒術，神谷覺得烏拉拉眞是把握每個機會大顯身手，幼稚的行爲讓神谷肚子裡暗暗好笑。

昨夜睡覺前，神谷聽烏拉拉說過他的身世與遭遇，覺得那宛如一條潮溼陰冷的黑暗隧道。神谷深深覺得，爬梭過那些黑暗隧道的烏拉拉能夠不變成如漫畫《烙印勇士》裡扛著巨劍的主角凱茲那般「創傷型的人物」，而能保持現在的嘻嘻哈哈模樣，眞是一場奇蹟。跟自己截然不同。

烏拉拉得意地笑笑：「我天生就比其他的獵命師，對命格的存在要來得敏感，所以我能夠用十倍以上的速度盜取人們身上的命格，並且很快就瞭解如何活用剛到手的命格。但我哥哥說，天才如果沒有比一般人更嚴酷的自我要求，就是十惡不赦的混蛋，所以我刻苦鍛鍊，達到可以瞬間突破獵命師身上的血咒，偷走鑲嵌在他們身上命格的境界……」

與其說是驕傲自信，不如說烏拉拉是個還沒長大的小孩子。

「既然這麼厲害，你為什麼還會受傷啊？」神谷故意寫下。

烏拉拉卻沒臉紅，只是兩手一攤：「那是因爲我對上的命格是可以盜聽周遭所有人思考的『惡魔之耳』，在那麼可怕的命格前，我想要偷到對手的命格根本就是不可能的，尤其撇開命格，他的身手也是一等一的厲害。」

沉吟了片刻，烏拉拉繼續說道：「這件事給了我很重要的啓示，就是想要打倒更強的敵人，就得找出幾個重量級的命格儲存在紳士身上，並且靈活地運用。這也就是我買了一大堆雜誌與報紙的原因。資訊社會消息流通得很快，許多奇人異事的背後，其實都有命格的影響。依據奇怪的新聞去找命格，會比我跟紳士整天在外遊蕩還要有效率得多。」

「怎麼說？」神谷寫下。

「像是這則新聞……」烏拉拉指著一份報紙上的奇聞異事版，用自己的話解釋一遍：「中國四川有個喜歡睡覺的老農婦，八十二歲的李友玲，她最長冬眠期四十二天，每天只吃一頓熱稀飯，喜歡吃冷食，一年四季不分時間都可能在睡夢中進入冬眠的狀態，冬眠的間距則在一到兩個月不等。她可神了，冬眠前沒有任何徵兆，睡醒後全身無力手腳發軟，最忌諱中間有人叫醒她，全身會有如棒打一樣疼。唯一的嗜好乃天天洗澡，嚴冬依舊，某次冬眠後竟長出黑色頭髮，約佔三分之一。」

烏拉拉停止複述報導，說：「很明顯，這個冬眠狂的身上是被『眠眠無期』命格給寄宿了。可惜中國四川離這裡太遠，新聞又有亂寫亂報的可能，不然我倒想幫老農婦把『眠眠無期』給拿走。」

「但，這種命格可以拿來作戰嗎？」神谷寫下。

「我自己當然是不用的，但是我可以強行把這種爛命塞給敵人，讓敵人瞬間昏昏欲睡。如果敵人不是獵命師的話，中了我這一招，無法自己把命格取出來，那麼即使他這次打贏了我，回家睡個覺就爬不起來了。」烏拉拉豎起大拇指，神谷笑了出來。

「又比如這個命格……」烏拉拉打開八卦雜誌，說：「據說在台灣有人連續中了兩次大樂透的頭彩，彩金有好幾個億，眞是多到十輩子都用不完的鉅富。」

「這是因為命格的關係？」神谷寫問。

「沒錯，一次中獎是幸運，兩次中獎就是命格發動的影響了，這種跟幸運有關的命格很多，差異只是招來幸運的方式不同而已。但這個中獎人在哪？天知道！所以算是無效的資訊。即使這個幸運的人眞的存在，在我亟需命格的時候跋涉這一趟，並不划算。」

「我懂了。但是為什麼不從網路上搜尋呢？」神谷不解，將紙條倒轉。

「網際網路已經被吸血鬼控制住了，在搜尋引擎輸入特定的字眼都會遭到監控，有個曾經被我打敗的胖吸血鬼警告過我，說吸血鬼已經鎖定獵命師的存在，想要一舉殲滅侵入東京的我們。我如果一直在網路上搜索特定的資訊，就會有不必要的風險。」烏拉拉解釋。

「瞭解。我可以幫你嗎？」神谷小心翼翼地問，看著地上的雜誌與報紙。

「再好不過啦！」烏拉拉笑嘻嘻。

兩人開始讀起琳琅滿目的報紙與雜誌，將看起來眞實性高的奇怪新聞剪下，依照新聞發生的地區排放在地上。烏拉拉並不怎麼專心，因爲坐在對面幫自己過濾資訊的神谷，可是他暗戀已久的女孩。

神谷再怎麼笨，也發現了烏拉拉的眼神比起放在報章雜誌上，更常在她身上逗留游移。沒談過戀愛的神谷一下子不知道該怎麼辦，只好低頭皺眉，假裝很專心搜尋奇人奇事的資料，卻掩藏不住她的心跳。

任何一本教人談戀愛的守則教科書都會告訴你，一個女孩子不論是否有了男友或是有了暗戀的人，無論如何都是喜歡被追求的。也由於女孩對於追求者向來容易產生基本的好感，所以也就很不容易討厭追求自己的人。

神谷在漫畫堆裡長大，充滿粉紅色橋段的少女漫畫也看了好幾疊，但身有殘疾的她對於愛情從來沒有過幻想；現在，神谷一下子被一個厚臉皮的「特異功能者」喜歡到，讓她整個不知所措。

高興歸高興，但神谷可是相當清楚，自己對烏拉拉的好奇，遠遠大過於其他的感覺。保持戒心到失去言語能力的神谷，可是相當理智的女孩。

說到烏拉拉的特異功能，神谷今天倒是想了很多。

「今天我上班的時候，就在想，為什麼命格這種東西會存在呢？」神谷寫道。

「天地間每一個生靈，都想要修煉成形，修成正果，命格也不例外。命格是一種能量，一種性情，一種生物之間互動的聯繫，有的命格在天地之間無端生成，但絕大多數的命格都是在人群之中誕生。比如說，如果王先生因爲全家被劫匪殺光光，導致性情大變，很有可能在王先生發狂的那一瞬間，王先生的靈魂縫隙裡就會滋生出一個原始的命格。」烏拉拉邊說，邊翻動著雜誌。

神谷點點頭。

「所以啦，以前的命格沒有現在這麼多，品種也沒有那麼豐富。但是隨著工業革命後，全世界的人口大爆炸，現代都市的大量興起，讓人與人之間的互動也變得很新奇，很多相處的模式都是以前古代社會所沒有的，於是很多新的命格蹦蹦蹦地跑了出來。」

烏拉拉引述哥哥的說法：「還有，擁有超長壽命的吸血鬼也是命格繁衍的一大關鍵，畢竟命格需要不斷重複地吃食宿主能量才能茁壯，所以待在固定的宿主身上，對命格自身的修煉很有幫助。」

「所以，這也是獵命師與吸血鬼誓不兩立的原因？為了命格而戰？」神谷寫道。眞是漫畫餵養慣了的二元思維。

「誓不兩立個蛋，獵命師裡面多的是自私自利的壞蛋，吸血鬼呢，再壞，也有改過自新的好蛋。在人類的世界裡，很多獵人的名聲都臭得很。」烏拉拉漫不在乎地說：「在我的想法裡，一個人之所以該死，絕對不是因爲他是誰，而是他做了什麼。」

兩人就這麼聊著聊著，直到神谷翻到一頁雜誌，奇異的話題才停止。

雜誌該頁並非報導，而是一篇讀者投書，分享自己親身體驗的靈異事件。

烏拉拉的目光，完全被一篇讀者投書的內容給吸引住了。

「在大阪啊……搭新幹線的話，來回只要……」

烏拉拉眼中閃過一絲神采。

## 不勃自起

命格：情緒格

存活：兩百年

徵兆：無時無刻都在勃起，充滿爆發邊緣的性慾，蒐集的A片擠爆了200G的硬碟，電腦隨時都在網路上BT抓檔。衛生紙的需求量極大。

特質：多發生在男性身上，原因不可考。一有上廁所的機會，就會在小便斗前動手解決。開始動念侵犯異性，在公共場合也克制不了野獸般地視姦她人。切記，不要離這種活動威而剛太近。

進化：監獄裡的公共廁所——不過這不是命格，而是一種人生狀態。

# 第196話

大阪，道頓堀。

在並不寬敞的道頓堀街道兩旁排滿了許多餐館和酒吧，多到目不暇給。五顏六色的廣告招牌、閃爍的霓虹燈以及裝飾豪華的入口，讓人不禁眼花繚亂。電動巨蟹、碩大的河豚和正在擊鼓助興的木偶等，都是知名的地標。

每到夜晚，燈光裝飾的招牌、霓虹燈光和道頓堀川水面上的反射光交相輝映，把城市點綴得更加華麗漂亮。

烏拉拉偕同請了假，換上便服的神谷，來到一間名爲「玻璃鞋」的小酒吧。

在此之前，他們已在道頓堀換訪了十七間酒吧與居酒屋，不斷打聽八卦雜誌裡某篇小報導的主角，是否眞有其人。答案莫衷一是，但烏拉拉漸漸從多方說法裡找出一個輪廓。此間，應該就是報導人物常來的幾間酒吧之一。

紳士在神谷的手提袋裡探頭探腦，賊兮兮地張望著。

一個穿著藍色連身洋裝的老女人，意興闌珊地坐在吧台前，看著電視機前的歐洲盃足球錦標賽轉播。手裡夾著根菸，酒杯半空。

老女人目不轉睛，手指縫裡的菸燒了三分之二，也沒見她抽上一口。

紳士抬頭，看著他的主人。

「嗯。」烏拉拉點點頭。是的，他也有感覺到。

這可是一個，非常了不起的命格啊。

烏拉拉與神谷選了老女人身旁的位子坐下，點了一大盤炸蝦拼盤與烏賊燒，兩大杯啤酒，靜靜地陪著老女人看電視球賽轉播。

烏拉拉並不急著盜走老女人身上的命格，因爲他認爲命格與宿主之間的親密關係，不應該強行被他打破。偷偷取走一個人的命格，跟奪取一個人的人生沒有兩樣，尤其宿主如果已經意識到自己的與眾不同，讓他第二天醒來時發現自己再平凡不過，是件很殘忍的事。

當然，還有更重要的原因……這可是烏拉拉與神谷第一次的外出約會啊！烏拉拉當然不急著完成任務，他慢條斯理與神谷用紙筆在吧台上玩起文字接龍，享受著並不怎麼好吃的晚餐。他很喜歡這種不需要太多言語的感覺。

很多時候，過剩的辭彙會稀釋掉得來不易的浪漫——「能接吻，就不忙說話」這句廣告詞是深具智慧的。烏拉拉跟神谷距離第一個吻，當然還久得很，但不用說話的樂趣，他們正溫馨共享。

球賽結束，老女人嘆了口氣，將半杯剩酒一飲而盡。

「爲什麼嘆氣呢？」烏拉拉隨口問，假裝若無其事。

老女人有些驚訝烏拉拉的攀談。老女人一向是人群中的砂礫，受到絲毫注意都是奇妙的大事，而現在，有個年輕人正主動與自己說話？

躊躇了片刻，老女人才在烏拉拉的眼神鼓勵下，緩緩開口道：「年輕人，這個世界上有很多事情，其實都不是你所看見的那個樣子啊。」

「喔？不然是什麼樣子？」烏拉拉失笑：「怎麼看一場球賽，可以生出這麼多感觸啊？」左手將餐盤推向老女人，示意她一起吃。

老女人很不習慣與陌生人聊天，但臉上不自禁露出愉快的表情。

「一起吃吧，我跟我女朋友吃不了這麼多。」烏拉拉笑笑，神谷臉紅了起來。

於是老女人靦腆地沾了塊炸蝦餅。恭敬不如從命。

老女人寂寞了很久，所以才會獨自到酒吧裡看她喜歡的球賽，而不是一個人待在屋子裡看電視。只是很不幸，老女人誤解了寂寞的眞意。

在熙攘人群中，孤孤單單的一個人，才是被迫獨食所有的寂寞滋味。待在沒有人搭理她的酒吧裡，只是凸顯出自己的行單影隻，對於消解寂寞一點幫助也沒有。

老女人輕輕喉嚨，準備大發議論。畢竟這是她這輩子唯一僅有的，能夠拿來大大吹噓的奇妙體驗。

「這個世界上，很多事情都只是表面，就像冰山一樣，浮出水面的冰層，只有全部的七分之一。很多眞正的奧祕啊……如果你沒有睜大眼睛往下潛，根本就不會發現其中巧妙的關連。」老女人神秘兮兮地說。

她故意將語氣壓低，帶動氣氛，深怕烏拉拉覺得無聊。

「喔？我越聽越糊塗了。」烏拉拉皺起眉頭，神谷也將耳朵湊了過去。

「以前我很喜歡看球賽，各式各類的球賽都看，有時還會買機票到歐洲去看足球，到美國看NBA籃球。但最近五年發生了一件奇怪的事，讓我驚訝得說不出話。」老女人有些得意地說：「某天晚上我發現，只要我穿上藍色的衣服，我所支持的隊伍就會贏！」

烏拉拉噗嗤一聲笑了出來，搖搖頭：「妳醉了。」

老女人很嚴肅地否認，說道：「是眞的！別說你不信，起初我也覺得太荒謬，只以爲是湊巧，因爲後來有幾次我穿了藍色的衣服後，我支持的隊伍還是輸掉了。」

這次換神谷笑了出來，烏拉拉哈哈笑道：「本來就是嘛！哪有球迷穿的衣服顏色，會影響到一支隊伍的勝負這種事啊？」

是啊，這個世界之大，何以認爲區區自己，竟是運作世界的關鍵齒輪呢？

老女人臉色有些不是滋味，悻悻說道：「的確不是單單因爲我衣服的顏色所影響，但要全盤說不是，卻也不對……因爲，影響到一場比賽勝負的，還有很多生活的小細節。我經過一年的統計，記錄我早上吃什麼，中午吃什麼，晚餐吃什麼，吃多少，配什麼飲料，當時的天氣，遇過的人，睡眠時間，前晚做過的夢，髮型，髮飾，香水，甚至洗澡時用了哪一個牌子的沐浴乳……最後總算讓我理出一個勝利公式，保證可以爲支持的球隊帶來百分之一百的幸運，勝利！」

「喔？例如穿紅色內褲嗎？中國招來幸運的習俗。」烏拉拉表情也認眞起來。

「不，不是紅色內褲，而是紅色的鞋子，越閃亮越好。」老女人輕輕撩撥裙襬，自信滿滿露出她皺巴巴的大腿，晃著紅色的高跟鞋。

「眞的假的？就這樣？」烏拉拉搔搔頭，呆呆地張大嘴巴。

他裝模作樣的表情讓神谷忍俊不已，伸手用力在他的腰上一掐。

「當然不只，還要喝大明星最愛的愛維亞礦泉水，三大口。」老女人想了想，說：「什麼時候喝都可以，我則是早上一醒來就喝，免得忘記。記住，是沒有間斷喝三大口喔！」

烏拉拉與神谷聽得一愣一愣。

「最重要的是，一定要在比賽開始前，吃這個牌子的泡泡糖。這款根據漫畫《海賊王》研發出來的泡泡糖，叫做藍波球，黏性很強，口味共有五種，我認爲藍色的效果最棒！」老女人從皮包裡拿出半條泡泡糖，信誓旦旦說：「吃一顆，贏得剛剛好。吃兩顆，贏得更輕鬆。吃三顆，則是一面倒的狂勝喔。」

「那麼，哪裡有在賣呢！」烏拉拉驚呼。

「全日本各大便利商店，都有在賣！」老女人給烏拉拉逗得笑了出來。

# 第197話

烏拉拉與老女人就這麼聊了開來，氣氛愉快，有說有笑的。一個半小時後，三人面前的吧台堆滿了好幾只空酒杯，只是淺酌的神谷也感到微醺。

老女人有了些醉意後，漸漸吐露出自己對這種「發現球隊勝利法則」後的人生，感到無趣至極的想法。

說起來也眞悲哀。

老女人原本就是個寂寞的人，看球類比賽是她唯一的興趣，也由於她實在是太無聊了，所以對每一項球類比賽的規則與隊伍狀況都很關心，對每個重要球星的種種記錄也都如數家珍。但自從她爲了想讓支持的隊伍得到優勝，開始實踐詭異的勝利法則後，勝負對老女人來說就只是一個可以操縱的兩面銅板。

看任何比賽，最重要的都是過程，而不是勝負。

但若事先知道了勝負，就失去了對比賽內容的緊張感，眞正精彩的過程卻變得如跳蚤身上的毫毛般，可有可無，趣味乏然。

更可悲的是，這個勝利法則對任何一種比賽都有效。舉凡拳擊、空手道、舉重、百米賽跑、十項鐵人競賽，只要老女人心中有期待勝利的對象，這個勝利法則就會主導三千公里外的某項競賽，讓老女人眼前的電視轉播，瞬間變成預知勝方的「重播」。

比賽……比個大便。

「既然感到無趣，妳可以自己停下來啊？」神谷趴在桌上，用原子筆在紙杯墊上潦草寫道。

「停？我怎麼知道這個世界上，有沒有另一個人可以這樣控制比賽？」老女人不屑道：「如果另一個混蛋可以控制比賽，那我爲什麼不行？如果那個躲在角落裡的混蛋想要讓我支持的隊伍輸掉，我當然要拚命對抗他啊！」

神谷覺得這眞是天大的歪理，自作自受，但烏拉拉卻很頗能理解地點點頭。

「別人照著勝利法則去做的話，可以得到同樣的效果嗎？」烏拉拉又叫了兩杯調酒。老女人卻之不恭，拿起來就喝。

「兩年前我曾經告訴酒保這件事，他興致勃勃照做，還押了一大筆錢在某支隊伍上，結果啊……」老女人半闔的眼神流露出遺憾，答案不言而喻。

那酒保不僅輸了兩個月的薪水，還將她拖到後街狠狠揍了一頓。老女人鑲了顆金色門牙便是爲此。

「說到賭，妳怎麼不利用這道勝利法則，押注在自己喜歡的球隊上大撈一筆？」烏拉拉奇道

「賭博？賭博可是會壞了好運的。」老女人聳聳肩，點了支菸，緩緩說道：「雖然我不確定這個勝利法則是怎麼將我跟世界上的各種比賽聯繫在一起，但是啊，我很確定，如果我用這道勝利法則賺取不道德的錢，我的人生一定會更悲哀啊……我從來不缺錢，缺的是有人陪伴。我跟那些很表面的事物一樣，活著，都非常的表面，就像蒙在大樓空調風口上的薄薄灰渣，除了清潔工，根本不會有人在意。」

話中有股淡淡的哀傷，深深得到神谷的認同。

老女人跟這個世界唯一的聯繫，竟是成千上萬場的比賽勝負。

「如同灰渣般生存的我，如果跟老天爺多要了不需要的東西，自己眞正需要的東西就永遠不會到來吧！」老女人做出以上的結論。

這是老女人的原則。

令烏拉拉感到敬佩。

「有一個台灣的小說家曾經說過，每個人一生都會遇到七次奇蹟。只是奇蹟發生時，我們通常都無視他們的存在，任由天使走過我們身邊。」烏拉拉微笑，凝視著醉了的老女人。

「是啊，哈，奇蹟。」老女人抽了口菸。

「女士，妳沒有任由奇蹟錯身而過，反而努力發掘出獨屬於妳的幸運法則，這絕對是奇蹟中的奇蹟。」烏拉拉眼睛閃動奇異的神采，伸出手，溫柔地搭在老女人的手背上：「遇見了我，也將用掉妳人生七分之一的奇蹟。」

「……」老女人不解。

「我是命運的魔術師，上帝派遣與妳相會的使者。」烏拉拉柔聲說道：「恭喜妳，妳已經通過了上帝的試煉，並沒有將美妙的天賦用在不義的途徑。現在，妳獲得了一個新機會。」

「……年輕人，你醉了嗎？」老女人瞇起眼睛，身體前傾。

自己雖然醉得視線模糊，但還沒有醉到相信上帝使者，就坐在自己面前喝酒的程度。老女人似笑非笑。

「女士，上帝要我問妳一個問題，請妳立刻回答。」烏拉拉的聲音輕輕緩緩，就像吹拂幽谷雲朵的山嵐：「妳願意讓上帝收回賜予妳的聖潔天賦，換取不再寂寞的豐盛人生嗎？」

老女人不加思索，隨著口中噴吐出的白色煙霧，說道：「這還用得著說嗎？如果有人願意陪我聊天說話，我又怎麼會沉迷電視上的比賽？年輕人，還得麻煩你跟你家上帝說一聲，讓我從此不寂寞吧！哈哈！」

烏拉拉沒有點頭，也沒有搖頭，只是輕輕將搭在老女人手背上的手倒轉，溫柔地握住她的掌心。這是烏拉拉的心意。按部就班地輕取命格，而非瞬間的連根拔起，對宿主造成的生理影響最小。

隨著神奇命格的流失，老女人眼神迷離，脖子歪歪。

烏拉拉另一隻手，趁勢伸進神谷的背包，揉著紳士白皙的軟肚子。

揉著揉著，想要攫取的命格已被封印進紳士的體竅。而一份天使般的禮物，也從紳士體內爬梭到烏拉拉的掌心，流水般潺動。

「女士，上帝送給妳一份禮物，希望妳能好好珍惜。」

烏拉拉柔和的體溫從掌心漸漸傳遞過來，老女人突然覺得很感動。

從來就沒有人對她這麼好，這麼有耐心聽她說話，還會說奇怪的好聽話騙她。

老女人幾乎要落淚。

這種感覺好比重生，全身暖洋洋的，像泡在甜美溫暖的羊水裡似的。

「萬眾矚目」[9]，好好照顧你的新主人吧。她非常渴望你的守護呢。烏拉拉心道。

烏拉拉親吻了老女人的額頭，笑笑從桌上拿起半條「藍波球」，放了一顆在老女人的嘴邊。老女人自然而然張開嘴巴，含了進去。

神谷會意，寫了張紙條遞給酒保。酒保立刻將牆上的電視切到運動頻道，一場重量級的拳王爭霸賽，即將開始現場直播。

「好好享受刺激的比賽吧。」烏拉拉微笑。

過不了幾分鐘，老女人就會發現電視機上的比賽勝負，已經脫離與她的詭異聯繫。

但那又怎樣？那時老女人的身邊，多的是想要認識她的新朋友。

天使的交易結束，老女人嶄新的人生即將開始。

烏拉拉牽起神谷的手，如天使般輕步離開酒吧。

「自以爲勢」❿，入手！

❾ 請參閱《獵命師傳奇》卷五，屬於集體格的「萬眾矚目」命格設定。

❿ 請參閱《獵命師傳奇》卷五，屬於集體格的「自以為勢」命格設定。

## 逢龍遇虎

命格：機率格

存活：五百年

徵兆：不斷遇到很厲害的傢伙，厲害的面向則沒有特定，但主要還是與宿主本身認定的「強」有關，例如很會畫畫的人會在街上撞見井上雄彥，很想寫小說的宿主會遇到九把刀。

古諺：「替身使者會遇到替身使者」，便有此番意境。

特質：宿主不斷遇見強者的結果，除了敗亡，就是走向更強者的境界。宿主的勝負心在無數的挑戰中只會越來越強。

進化：無名G板（telnet://wretch.twbbs.org，SD_Giddens個人板）

# 第198話

東京最近光怪陸離的事很多。

前些日子，有人在熱鬧的大街上看到比大象還要巨大五、六倍的毛茸茸蜘蛛，並且用手機的相機功能將巨型蜘蛛襲擊東京的畫面給拍攝下來，傳送到網路上，造成網民一片譁然，熱烈討論起照片的眞假。

但幾個小時後，這些網路照片全部遭到伺服器管理員刪除。

市政廳官員在記者會上說明，巨型蜘蛛的出現是一場未經許可的商業活動秀，已經遭到糾正，呼籲民眾不要盡信網路上的不實謠言，警視廳並正式宣佈將緝查散佈謠言的有心民眾，並警告繼續散佈合成照片的「罪犯」，後果必移送法辦，絕不寬貸。

而今夜，也有一件怪事，在數百萬隻眼睛底下發生。

歷久不衰的知名電視節目「開運鑑定團」的錄影現場，今天展示著多件關於武士配件的器具，如甲冑、頭盔、兵書手卷、長槍等。刀光劍影的氣氛，令現場觀眾都興奮了起來。

當然，此次最受矚目的展品，還是殺人取命的武士刀眞品。

「今天，知名的古兵器收藏家井口廣三先生帶來了稀世珍品，我們日本國的第一武聖，宮本武藏悟出『二天一流』後所使用過的長短雙刀！請各位掌聲歡迎！」主持人興奮地介紹。

全場譁然，將脖子伸得老長。

眞不是開玩笑，宮本武藏名刀的眞品竟來到了現場……

收藏家井口先生得意洋洋地出場，小心翼翼揭開包裹著兵器的紅布，讓在場的四位古董鑑識專家仔細品玩。專家品頭論足，竊語交換意見。

在此同時，製作人將電視畫面切換到宮本武藏的一生介紹，好打發掉電視機前觀眾等待的時間。介紹結束，鑑識專家的討論也獲得了一致的共識。

「那麼，此次井口先生帶來的究竟是不是眞品呢？」主持人問。

「我們一致認爲，現場的長短雙刀，的的確確是貨眞價實的一之太刀與二之太刀，並曾經被宮本武藏使用過至少長達兩年。」專家代表微笑。

「這眞是太令人興奮了！殺！殺！殺！殺！殺！武聖宮本武藏奪走多位豪傑性命的殺人眞品，眞的來到了本節目！這樣的人間凶器到底値多少錢？一百萬？一千萬？還是一億！」

主持人像是中了彩券兼嗑藥般興奮，對著鏡頭作勢砍殺，大聲說：「電視機前的觀眾朋友，請把握機會打電話call in，告訴服務人員你的猜測，或到本節目的專屬網站上留言喔。節目的尾聲將公佈專家的答案，與答案最接近的十位幸運觀眾，將可獲得由新力公司所提供的多媒體手機，與……」

廣告過後，觀眾的電話與網路留言如往常瘋狂湧進，節目也正常進行。攜帶自家珍品的收藏家，陸續將帶來的兵器一一展示，節目也穿插了不少關於武士的歷史介紹影片，而鑑識專家也給予豐富的說明。

「這副豐臣秀吉使用過的盔甲，雖是眞品，但因爲保養不佳，有許多地方都已出現破損的痕跡，所以我們只能給予一千兩百萬的評價。」

「令人驚嘆啊，這把寶藏院胤榮使用過的長槍，槍口還是一樣燦亮如昔，槍身之重，可見當初寶藏院胤榮臂力之驚人吶！一千五百萬！」

「很遺憾，這並不是吉岡清十郎的武士刀眞品……」

「抱歉，這份兵書上的筆跡，並非出自柳生宗嚴的親手……」

慢慢地，終於來到節目的尾聲。

武聖宮本武藏「二天一流」所用的兩把罕世兵器，到底値幾箱鈔票？

「日本刀的雛形始於中國唐代傳入的唐大刀，當時的形式是直刀形，其後製刀的專家多有改良，到了鎌倉幕府時期，已出現了流傳至今的彎刀與武士刀式……」古董鑑識專家裝模作樣地解釋。

「唔……」主持人點點頭。

「近千年的演變，日本刀不僅成爲文化和精神的象徵，有『武士』作爲刀的名號，更有無與倫比的實戰本色。」鑑識專家滔滔不絕，簡直演講起來：「武士刀鍛造的技術自成一派，刀身強度高，刃口鋒利異常。到了中國明朝時，武士刀的質量已超越了中國刀劍，就連當時擊退我國浪人海賊團的中國名將戚繼光，都對我國的武士刀十分欣賞，還以之爲原型造出了戚家刀。」

「眞是長篇大論啊！」主持人故意露出不耐煩的表情，看了看錶。

現場觀眾哈哈大笑，氣氛更熱烈了。

「那麼，這兩把武士刀究竟値多少錢呢！」主持人大聲問。

就在此時，一個高大清瘦的骯髒男人大剌剌穿過兩台攝影機間，旁若無人走進節目製作現場。男人來到主持人面前，嚇了所有人一大跳。

很奇怪，在這位不速之客從攝影棚門口走到節目現場的兩百公尺中，完全沒有人膽敢開口詢問，更遑論伸手阻止他的前進，就這麼眼睜睜看著他亂入。

「大約是三百貫錢。」那骯髒的男人說，伸手拿取一長一短的武士刀。

男人的身上散發出中人欲嘔的酸味，主持人來不及說話，就被酸味震得後退兩步。

而男人胡亂拿起武士刀的行徑，令掌控全局的製作人一愣，攝影師、現場觀眾、主持人、井口先生、鑑識專家，全都傻眼。

「先生，這是……」主持人鎭定。

「我的刀。」男人左右手各拿著長短刀，掂量著。

此話一出，不知情的現場觀眾哈哈大笑，還以爲是節目的特殊效果。

主持人冷靜看向攝影機旁的製作人，用眼神詢問此男子是否爲臨時演員。

男人一臉落腮鬍，穿著沾有油漆顏料與垢痕的垮褲，與顏色渾濁的寬大上衣。但這寒酸的外表，絲毫遮擋不住男人眼中老虎般的迫人神采。

這個男人，自是從樂眠七棺裡被放出來逛大街的，宮本武藏。

「拿來砍人的傢伙，還是稱手的老夥伴管用些。」宮本武藏吁了一口氣。

不必拔出刀子，宮本武藏的手腕就已感覺到熟悉的、塵封已久的殺氣，從刀柄上傳將過來。那感覺就像是一百萬隻瘋狂的螞蟻，沿著血管與神經一路啃噬過來。

「不好意思……請把武士刀……」井口先生開口，聲音卻在發抖。

因爲宮本武藏拿了刀，身上暖起了拙劣的興奮感，毫無節制地壓向四面八方。而旁人對於這股興奮的感應，卻是無法承受的不安。

更多的，是莫名其妙、不切實際的恐懼。

就像是，逛街在百貨公司週年慶搶購上遇見一頭白額老虎，那麼沒有眞實感，卻又本能地腿軟的恐懼。

全場觀眾都給宮本武藏沉默的興奮，震得啞口無言。

「把你怯懦的眼神收起來。」宮本武藏冷冷地說：「在我的面前，弱者不須多言。」

你的身上沒有我想要的東西。」

無視收藏家井口先生，宮本武藏便要攜刀離開。

離開前，宮本武藏的眼神被價值一千五百萬的「寶藏院胤榮使用過的長槍」給吸引住。駐足，宮本武藏忍不住笑了出來。

宮本武藏剛剛在一間拉麵店裡大快朵頤著味噌拉麵時，正好抬頭看了這個即時轉播的電視節目。隔著小小的螢幕，他還看不出來這柄寶藏院胤榮的長槍是眞是假。而現在，他覺得很可笑。

「這柄什麼寶藏院胤榮的鳥槍，一看就是假的。」宮本武藏隨手一斬。

沒有任何廢話，長槍悶聲斷成兩半。

全場驚呼連連，根本沒看清楚宮本武藏刀起刀落的瞬間過程。

宮本武藏大步走到鑑識專家面前，一臉昂藏的臭屁。

「你要不要也鑑定，我是不是眞正的宮本武藏啊？」宮本武藏拍拍評鑑專家的頭，

就像大人在安撫小孩子般。

語畢，宮本武藏哈哈大笑，龍行虎步離去。

只留下，滿場的驚奇與錯愕。

## 百試百中

命格：機率格

存活：兩百年

徵兆：從遠處隨意丟鋁罐到垃圾桶，無不命中。在球場上亂槍出手，詭異地進算加罰。考試答案亂寫，命中機率之高，簡直會有報應似地……你的外號，極可能是「地獄猜題王」！

特質：宿主手氣奇佳，究其因，乃因命格將周遭十至一百公尺內的「意外驚喜」類的好運氣，偷渡給了宿主。所以周遭若沒有好狗運的路人，宿主也只能依靠自己的實力啊！切記，如果掛載此命格進行中出任務，一不留神就會「天下有情人終成父母」唷！

進化：爸爸、吉星、大幸運星。

# 第199話

拎著久違上百年的長短雙刀，宮本武藏沒有立刻找個安靜地方測試「手感」，也沒有興致勃勃地找人試刀。

對宮本武藏來說，拿弱者當刀的祭品，是對武道的褻瀆，也自折了驕傲。他光是一雙比鐵還堅硬的手，就足以擰斷許多擋在路上的障礙。

宮本武藏漫步在東京街道上，沿著大路到處亂走，持續觀察這個世界的變動。

「眞餓啊。」宮本武藏摸著剛吃飽的肚子。

他此刻的飢餓，是對血的強大需求。

於是宮本武藏跟隨自己的本能，收斂身上昂藏的氣勢，走進犯罪者眾多的陰暗地下道，任憑幾個不懷好意的不良少年跟蹤他，將他「逼」到沒有監視器的角落。

「喂，變態大叔，你身上那兩把刀值不少錢吧！」帶頭的不良少年點了根菸。

這句話，成了那群不良少年最後的遺言。

等到宮本武藏再度走出地面時，他已經嘴角帶血，口袋裡塞滿了鈔票，身上還多了最新一代的ipod隨身mp3，耳機裡大聲震動著街頭饒舌歌曲。

「這就是，這個世界最新的聲音嗎？」宮本武藏點點頭，腳步不自覺跟隨著嘻哈的節奏走動。還真是不錯的改變。

這世界有趣多了，不僅夜晚五光十色，連聲音也變得朝氣十足。

池袋。

位於Sunshine City附近的Animate漫畫閣，樓高八層，是一棟多元的漫畫城。每一個樓層都有不同的主題，包括青少年漫畫、少女漫畫、成人漫畫、卡通影片、漫畫主題禮品、電玩軟體等，可說是每個宅男的夢境之地。

「嘖嘖，繪畫的技藝也變得好驚人。」宮本武藏在漫畫城裡逛著，目瞪口呆。

宮本武藏掛著兩把刀走路的樣子，讓許多經過的高中生都忍不住多看他一眼，竊竊私語討論……這個邋遢的雙刀大叔到底是在cosplay哪一本漫畫裡的角色，結論當然是「不知所云，失敗」！

愛上看電視汲取生活常識的宮本武藏先生，最後停在動漫畫館前看著海賊王的劇場版電影，目不轉睛地看著其中一名劍客角色，羅羅亞索隆，對抗另一個高強劍客，鷹眼的終極熱戰過程。

三刀流啊……那種嘴巴還咬著一把刀的模樣還眞是臭屁極了，但眞要做起來，那種樣子還眞難在實戰裡派上用場。這個羅羅亞索隆能夠練成三刀流，委實是個可怕的敵手，難怪他的故事會被改編成會動的圖畫書。

「眞厲害的執著啊。」宮本武藏喃喃自語，眞想立刻找個什麼大幹一場。

但宮本武藏還有更重要的事要做。

他走進旁邊一家專門販售海賊王周邊商品的店鋪，選了一條羅羅亞索隆專用的黑色海賊頭巾，將一頭亂髮紮進酷炫的頭巾裡，算是宮本武藏對強者不加保留的敬意。

「請問哪裡可以找到這個羅羅亞索隆？」宮本武藏付帳時問店員。

「……」戴著草帽、穿著紅色上衣的店員傻眼。

「說得也是，連你這種弱蛋都找得到他的話，他怎麼有時間變得更強。」宮本武藏自問自答。

「……」草帽店員狐疑地打量著眼前奇怪的客人。

「對了，他是當今之世最厲害的劍客嗎？」宮本武藏表情認真。

「大概是吧。」店員耐著性子，陪奇怪的客人玩起遊戲：「如果你真想找到他，就到偉大的航路上找找吧。」

「偉大的航路啊？」宮本武藏皺起眉頭。

摸不著頭緒的宮本武藏走出店。

不知道劍客羅羅亞索隆什麼時候會從大海上回來……如果遲遲沒有回來，自己恐怕就得找艘船出去走走。只是在海上長途旅行，如何躲過致命的太陽，還真是個傷透腦筋的問題。

走過大型展示櫥窗時，宮本武藏忍不住停下腳步。

藉著玻璃的反射，宮本武藏非常滿意自己綁著黑色頭巾的酷樣。

但，還缺了什麼……

「唉，說到底我還是得去找J老頭，造出第三把武士刀。」宮本武藏張大嘴，檢視自己的森白牙齒。

喀喀，喀喀。

論起牙齒的咬合力，自己可是很有把握咬住第三把刀的。

就在宮本武藏陷入荒謬幻想的同時，一隻毛色火紅的貓，悄悄地走過宮本武藏的腳邊。

宮本武藏注意到，這隻火紅怪貓的腳步有如清煙，並非凡物。

櫥窗玻璃的反射上，多了一張微笑的臉孔。

「你的身上，棲息著很可怕的東西呢。」那張笑臉說。

伸手，火紅怪貓躍起，落在笑臉人的手上。

風宇，獵命師。

# 第200話

風宇看著宮本武藏，手指掐算著武藏身上的命格。

一個小時前，風宇在電視上看到這男人唐突地走進電視節目現場裡，當著全日本上億觀眾的面取走宮本武藏的雙刀，就約略猜出這個男人的眞正身分。

而現在，風宇手臂上泛起的雞皮疙瘩，就是最好的證明。

「原來是『逢龍遇虎』，眞是萬分榮幸。」風宇穿著白色的長大衣，氣度悠閒。

「……」宮本武藏看著風宇手中的紅色怪貓。

眼前這個傢伙，一人一貓的搭配……

想必就是牙丸無道請託自己宰掉的「獵命師」吧？

「我並沒有刻意找前輩，因爲前輩並非我的目標。」風宇緩緩說，臉上的笑容更加優雅了：「但我們還是命運般相遇了——這一切，都是因爲東瀛劍聖身上的命格，承認我是命中對手的緣故。」

這段話，讓宮本武藏重新想起還未成爲吸血鬼時，人生裡最重要的那一天。

那日宮本武藏坐船趕赴巖流島，與聲勢如日中天的佐佐木小次郎決一死戰前，自己在小舟上凝神致志，削槳爲劍。當時，神祕船伕的肩上就坐了一隻黑貓，跟宮本武藏說了好些奇怪的話。

「你畢生註定會遇見無數強者，遭逢無止盡的死亡決鬥，你是所有劍客的恐懼，也是天下劍客最想擊敗的目標。直到你被殺死的一刻爲止，都會重複這樣的命運。」那個船伕若有所思說道：「在巖流島上等著你的，絕對不是你武道的最後戰役。你的一生，不變強，就會死。」

那些話就像咒語般的箴言，烙印在宮本武藏的心中，不管是以人類或是吸血鬼的身分都無法掙脫。

這也是，宮本武藏始終不與深愛他的阿通在一起的眞正原因。

呼。

別管這麼多了，牙丸無道給下的指示根本無足輕重。他嗤之以鼻。

不管對方是不是獵命師，宮本武藏遇到強者，從來也只有一個打算。

「在殺死你之前，我有個問題要問。」宮本武藏調整頭上的黑巾。

「問吧。」風宇凝神以待，外表卻是一派令人討厭的從容。

「當今之世，誰是最強？」宮本武藏緩緩拔出兩把刀。

一長，一短。

讓天下英雄以死表達敬意的，二天一流，狂霸的東瀛刀法。

風宇亮出纏在手指上的銀色鋼琴線，全身流轉著精靈般的神采。

「名氣是殺不死人的。」風宇吹動致命的銳利銀線，一鞠躬。

「還請前輩用最強的氣勢，打翻這句話吧！」

風宇出手！

《獵命師傳奇》卷七　完

# 《獵命師傳奇》卷八

大雨傾盆，將整條街轟淋成一片奔騰張狂。

雷聲劈開城市的夜空，肅殺的光明一瞬。

海一般的雨中。

天下無敵的吸血鬼刀客，無所不謂的天才獵命師。

「有一部漫畫，叫二十世紀少年。」烏拉拉說：「裡頭的主角有句台詞很有意思。要是覺得自己有生命危險的話，就拔腿快跑，千萬不要客氣。」

「好句子。」宮本武藏一刀指地，一刀曲臂斜舉，說：「那麼，你現在覺得生命有危險了嗎？」

「豈止。」烏拉拉撕開包裝，將三粒藍波球泡泡糖丟進自己嘴裡。

「害怕嗎？」宮本武藏雙刀慢慢騰起，雨滴在半空中凝縮拒落。

「很怕。」烏拉拉嚼著藍波球：「但還沒有，怕到落荒而逃。」

火焰在烏拉拉的手掌中示現，直接燃縮成紫色的離火。

烏拉拉知道，這次他的背後，不再有逃走的路……

# 獵你的創意，秀你的圖
# 「獵命師大募集！」活動

發揮你的想像，秀出你的創意，畫出或者cosplay出《獵命師傳奇》你心目中的故事角色。我們將於《獵命師傳奇》最新一集出版前，固定由作者過九把刀親自遴選，刊登在當集的獵命師書中喔！讓你的創意在《獵命師傳奇》的世界中登場，還可得到G大簽名書及限量T恤一件！

活動詳細活動辦法，請至蓋亞讀樂網貼圖區參觀
http://www.gaeabooks.com.tw/

- 大賞作品（兩名）可得《獵命師傳奇》新書一本及限量白色短袖T恤一件。
- 入選者可得《獵命師傳奇》新書一本。

刀大的話：
喂！大家都手軟了嗎？貼圖區的圖變少囉，
拿出幹勁來啦！

**【本集大賞】**

DIOSWORLD・烏霆殲

非常有型的活潑角度，有耍狠的爆發感！
by Giddens

風凜・陳木生vs阿不思

構圖精緻，很有故事餘勁的畫面感！
by Giddens

風凜

風凜

風凜

ostara448

ostara448

ostara448

bababa87

eno730

風凜

haruhiko

haruhiko

ron1092

ron1092

# 《G板快報》

歡迎各位讀者到telnet:wretch.twbbs.org，SD_Giddens板
參加各種怪異的投票喔

■投票目標：最喜歡的獵命師小說角色
■投票結果：每人可投 3 票，共 396 人參加，投出 1089 票

| | |
|---|---|
| 第一名：烏拉拉 | 219 票（刀大：我還以為是烏霆殲呢！） |
| 第二名：上官 | 179 票 |
| 第三名：烏霆殲 | 129 票 |
| 第四名：阿不思 | 123 票 |
| 第四名：優香 | 57 票 |
| 第五名：陳木生 | 48 票 |
| 第五名：烏禪 | 41 票 |
| 第六名：神谷 | 40 票 |
| 第七名：宮澤 | 38 票 |
| 第八名：城市管理人 | 37 票 |
| 第九名：賽門貓 | 36 票 |
| 第十名：Ｊ老頭 | 29 票 |
| 第十一名：螳螂 | 24 票 |
| 第十二名：宮本武藏 | 19 票 |
| 第十三名：書恩 | 12 票 |

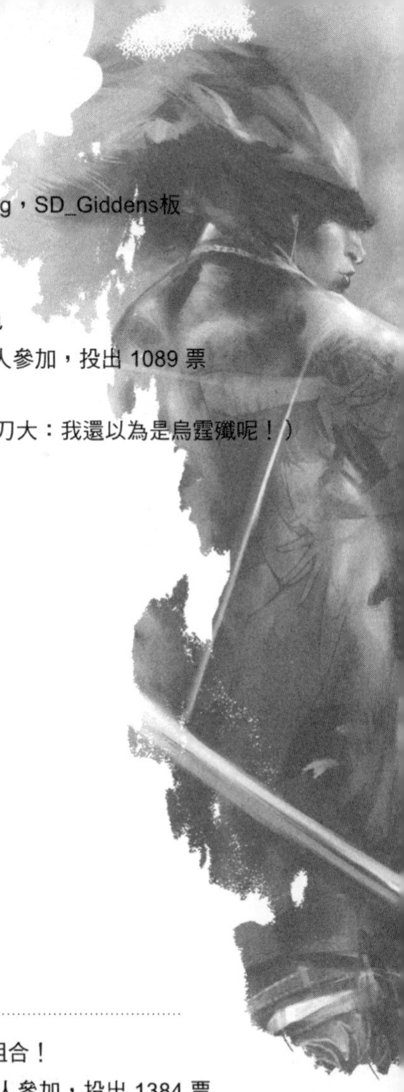

■投票目標：最想看到的獵命師對戰組合！
■投票結果：每人可投 5 票，共 294 人參加，投出 1384 票

第一名：烏拉拉對神谷128 票
（刀大：喂！你們在想什麼！）

| | |
|---|---|
| 第二名：阿不思對上官 | 104 票 |
| 第三名：烏霆殲對宮本武藏 | 102 票 |
| 第四名：上官對宮本武藏 | 98 票 |
| 第五名：上官對烏霆殲 | 85 票 |
| 第六名：烏拉拉對上官 | 70 票 |
| 第七名：張熙熙對優香 | 68 票 |
| 第八名：烏霆殲再對一次優香 | 68票 |
| 第九名：烏拉拉對宮本武藏 | 67票 |
| 第十名：張熙熙對阿不思 | 65票 |
| 第十一名：烏拉拉對烏霆殲 | 64票 |
| 第十二名：陳木生對宮本武藏 | 46票 |
| 第十三名：上官對風宇 | 46票 |
| 第十四名：牙丸千軍對上官 | 43票 |
| 第十五名：牙丸傷心對宮本武藏 | 42票 |

每個人的人生都有關鍵時刻，
在勝負的瞬間，你如何超越極限呢？
將你的期盼委託給獵命師，
獵命師將為你宅配豪爽的各種命格喔！

請依照以下格式書寫申請書

宿主：

命格標的：

申請內容：（五百字內，下篇為刀大好友的特權示範，請勿仿效喔！）

申請掛載命格：

申請書寄至：editor@gaeabooks.com.tw

宿主：CYM

命格標的：小a

申請內容：

二〇〇五年的夏天，我第一次見到這個臉上總是掛著微笑的女孩。

直到最近，在她幾次的邀請下，我參加了她跟幾個朋友之間的聚會，才對這個女孩有多一點的認識。她看起來有點傻傻的，卻非常的有自己的想法。她總是說自己不夠漂亮，但跟她相處時那種很舒服的感覺，卻比她美麗的外表更加迷人。跟她在一起，看著她臉上總是帶著開心的笑容，心情也自然而然的好了起來。

於是，我對她產生了好感。我很喜歡跟她在一起的感覺。

但是，我卻很害怕，我害怕自己只不過是喜歡當她的朋友罷了。

如果我只是喜歡當她的朋友，就不該讓這種錯誤的情感破壞我跟她之間的關係。因此，我把這種喜歡的感覺隱藏起來，試圖用理性來壓抑這種感覺。

結果，隨著跟她一次又一次的會面，心裡面喜歡的感覺一點一點的增加，壓抑這份情感的理性卻不斷的減少。

我開始偷偷的期待任何可以見到她的機會，即便只是透過電話聽到她的聲音，也能讓我不由自主的開心一整天。每天，只要睜開眼睛，腦袋裡面就不斷的浮現她的一顰一笑。

最後，我終於沒有辦法控制自己對她的喜歡，喜歡的感覺已經多到滿出來了……

當我看見刀大在小說裡面，敘述他對著喜歡了八年的女孩盡情的說：「我喜歡妳！」我也好想要大聲的對妳說，小a，我好喜歡妳，真的好喜歡好喜歡……

就算感動妳一點都不容易，就算妳的心還在別人的身上，我還是要很用力的讓妳感受到我對妳的喜愛。因為我終於明白，喜歡一個人就應該要讓她知道的道理。我曾經借用刀大講過的話對妳說，妳的Mr. Somebody出現的時候，會帶著很強烈的信號。

我不知道這個讓全世界都知道的信號夠不夠強烈，或者能不能感動妳。但是，有一萬個人讀過這本書，就有一萬個人見證一個傻小子對妳的告白。一百年後，還是不斷的會有人知道此時此刻，我對妳很真誠的愛。我對妳的告白如果不能驚天動地，我也要讓它萬古不滅。

我喜歡妳，可以給我一個機會讓我好好愛妳嗎？請妳當我的女朋友吧！

P.S. 我知道妳覺得告白應該當面對妳說，我當然很願意當面告訴妳我有多喜歡妳，畢竟我每天都很想見到妳。如果妳也願意聽的話，請給我跟妳當面告白的機會吧！

**申請掛載命格：最近「朝思暮想」已經發揮得淋漓盡致了，我要用這篇告白把它練成「大月老的紅線」。**

國家圖書館出版品預行編目資料

獵命師傳奇. Fatehunter／九把刀 著；
——初版.——台北市：蓋亞文化，2005【民94-】
冊；公分.——（悅讀館）
ISBN 986-7450-49-3（第7卷：平裝）

857.83 94002005

悅讀館 RE016

獵命師傳奇系列【卷七】

作者／九把刀（Giddens）
繪圖／翁子揚
出版社／蓋亞文化有限公司
地址◎台北市103赤峰街41巷7號1樓
電話◎（02）25585438 傳眞◎（02）25585439
部落格◎gaeabooks.pixnet.net/blog
網址◎www.gaeabooks.com.tw
服務信箱◎gaea@gaeabooks.com.tw
投稿信箱◎editor@gaeabooks.com.tw
郵撥帳號◎19769541 戶名：蓋亞文化有限公司
法律顧問／義正國際法律事務所
總經銷／聯合發行股份有限公司
地址◎新北市新店區寶橋路二三五巷六弄六號二樓
電話◎（02）29178022 傳眞◎（02）29156275
港澳地區／一代匯集
電話◎（852）27838102 傳眞◎（852）23960050
地址◎九龍旺角塘尾道64號龍駒企業大廈10樓B&D室
初版十六刷／2014年6月
定價／新台幣 180 元
Printed in Taiwan

GAEA
ISBN／986-7450-49-3

RE016
GAEA

獵命師傳奇

# 天命在我・自創一格

## ——創意命格有獎徵文活動

**替獵命師們構想奇命！為自己開創中獎命數！**

由於反應熱烈，命格徵文活動將改爲每集固定舉行。我們會在每集《獵命師傳奇》出版前，固定由作者九把刀遴選2～3則投稿，讓你設計的命格在下集《獵命師傳奇》的世界中登場！

獲選者可獲贈《獵命師傳奇》週邊商品，及九把刀最新作品一本。

■ 注意事項

◎命格投稿請比照書中一貫的描述格式，並填寫於本回函所附表格

◎請參加讀友留下正確姓名地址，以便發表時註明構想者與贈獎。

◎本活動遴選之命格使用權利歸蓋亞文化有限公司所有。

◎活動及抽獎結果，將於每集《獵命師傳奇》出版時公佈於蓋亞讀樂網。

◎本抽獎回函影印無效。

**姓名：**__________ **出生日期：** 年 月 日 **性別：**□男 □女

**聯絡電話：**__________

E-mail：__________

**地址：**□□□

__________

命格名稱：__________

命格：__________

存活：__________

徵兆：__________

特質：__________

進化：__________

關於命格投稿，九把刀會針對讀者的想法創作更完整的設定修改，以符合故事的需要，或九把刀個人愛胡說八道的壞習慣。戰鬥吧！燃燒你的創意！

| |
|---|
| 廣告回信　郵資免付 |
| 台北郵局登記證 |
| 台北廣字第675號 |

GAEA

蓋亞文化有限公司　收

103 台北市赤峰街41巷7號1樓

# Gaea